Lara saß auf einer Parkbank im Höhenpark Killesberg. Zwischen der linken Schulter und ihrem Ohr hatte sie ihr Handy eingeklemmt. Nebenbei blätterte sie in ihrem Terminkalender und bemerkte nicht, wie sich ein Mann mit einem nicht angeleinten Hund näherte. Erst als der fremde Hund an ihr vorbei raste und ihr dabei den Kalender runter riss, sah Lara erschrocken auf. „Chili! Hier!" Rief sie ihrer Hündin zu und sagte fast im gleichen Atemzug in ihr Handy, dass sie sich später noch mal melden würde. Ein Knie hoher Terrier kam an gepprescht und setzte sich artig neben sein Frauchen, die leise vor sich hin schimpfend, versuchte ihren Terminkalender wieder zusammen zusetzten.
„Es tut mir sehr leid! Er freut sich so, wenn er mal andere Hunde trifft", entschuldigte sich der Besitzer des Rambo-Hundes. Lara murmelte ein knappes: „Ist schon gut", ohne ihn weiter zu beachten und lief mit Chili zum Auto. „So ein Trottel", raunte sie, schnallte sich an und fuhr eilig davon.
„Ich hab überhaupt keine Lust heim zugehen", dachte Lara. Doch Zuhause wartete ein Haufen Arbeit auf sie. Zum einen musste sie sich um die Pferde kümmern, die sie mal mit Freunden einer Tierschutzgruppe befreit hatten. Lara konnte so schlecht nein sagen, deswegen war sie nun diejenige, die sich um die geretteten Pferde kümmerte. Zum anderen musste sie nachsehen ob mit ihrem Vater alles in Ordnung war, der seit einem Jahr mit ihr das Haus teilte. Sein liebster Platz war im Wintergarten, wo er es sich in einem alten Ohrensessel, mit Blick auf die

Pferdekoppel gemütlich machte. Links neben seinem Sessel türmten sich die Tageszeitungen der vergangenen Wochen auf. Rechts neben dem Sessel stapelte er seine diversen Zeitschriften. Lara durfte sie auf keinen Fall entsorgen, in jeder war irgendein wichtiger Artikel, die er mit Notizzetteln markierte.
Sie schloss die Haustür auf und wurde von einer Rauschwade, die dicht im Raum hing, fast erdrückt. „Papa! Wenn du schon dein Kraut rauchen musst, dann mach bitte wenigstens die Schiebetür vom Wintergarten auf! Es kann immer mal vorkommen, dass ein Polizist vorbeikommt, um seinen Hund ausbilden zulassen.
Wir brauchen doch das Geld das ich damit verdiene!" Schoß es aus Lara, die nun nach Luft rang. Ihr Vater sah sie mit seinem treu doofen Hundeblick an, aber mehr als ein nicken kam nicht. „Der macht mich irgendwann noch wahnsinnig", sagte sie sich, während sie zu ihrem Büro ging, dass gleichzeitig ihr Schlafzimmer war. Eilig schlüpfte Lara in ihre Stallkleidung, um die Pferde versorgen zugehen. Hier hatte sie Ruhe um abzuschalten und den Tag Revue passieren zu lassen. Die Pferde begrüßten sie wie gewohnt mit einem lautem, freudigen Wiehern. Lapis war ein großes braunes Pferd, der zwar durch seine mächtige Größe beeindruckte, aber lieb war wie ein Lämmchen. Nougat dagegen, war ein quirliger Schimmel, der wesentlich kleiner war als Lapis. Dafür hatte er es Faustdick hinter den Ohren. Wenn er jemanden, im wahrsten Sinne des Wortes nicht riechen konnte, schnappte er schon mal zu,

was ganz schön weh tat. Lara hatte von Anfang keine Schwierigkeiten mit Nougat, ihre Oma sagte schon immer das ihre Enkelin ein Gespür für Tiere hatte und ihre beste Freundin pflegte zu sagen: „Du hast es einfach mit verhaltensorginellen Menschen und Tieren".
Nach Stall misten und Pferde putzen stand sie zufrieden an die Stalltür gelehnt und beobachtete die Pferde, wie sie friedlich und zufrieden ihr Abendbrot in sich hinein schlangen.
Ihr Blick wanderte hinunter zu ihrem Haus. Sie konnte ihren Vater in seinem Ohrensessel sitzen sehen und dachte darüber nach, wie das wohl in Zukunft weiter gehen sollte.
Einerseits machte sie sich große Sorgen um ihn, weil er meist den Tag in seinem Sessel verbrachte, las und rauchte, einfach Antriebslos war und sich zu nichts motivieren ließ.
Andererseits machte es Lara wütend, alles blieb an ihr hängen, egal ob es um das putzen, einkaufen oder um die Tiere ging. Dazu kam das ihr Beruf als Hundetrainerin oft anstrengend und Zeit raubend war. Vor allem wenn sie Welpen Kurse gab und vorrangig die Menschen zu richtigem Verhalten erziehen musste und nicht die Hunde.
In Gedanken machte sie sich einen Plan, was sie nun als nächstes tun sollte. Dabei viel ihr ein, dass sie dringend noch die Gräfin zurück rufen musste, mit der sie gesprochen hatte, als der Rambo-Hund ihren Terminkalender runter geworfen hatte.
Jedem Pferd legte sie noch einen Apfel in den Trog, löschte das Licht und machte sich auf den

Weg zum Haus. Zu Laras Überraschung war die Wintergartentür auf. „Ich hab gelüftet!" Sagte ihr Vater und blickte ihr kurz in die Augen. „Mmh, schön", gab sie kurz zurück und verschwand im Bad. Frisch wie der Frühling duftend und mit Handtuchturban auf dem Kopf, kam Lara aus der Dusche. Chili kam freudig mit dem Ball im Maul angerannt und wollte spielen. „Nicht jetzt! Ich muss Frau Gräfin anrufen", sagte sie näselnd zu Chili Sie legte sich ihren Terminkalender und Stift zurecht und drückte auf die Wahlwiederholungstaste. „Hallo, hier ist Lara Merten", meldete sie sich und war einigermaßen überrascht, wie die Gräfin sie gleich an giftete. „Ich dachte nicht das sie überhaupt noch anrufen. Haben sie mal auf die Uhr gesehen?" Fragte die Gräfin hochnäsig. Erst jetzt bemerkte Lara, dass es bereits zehn nach Neun war. „Entschuldigen sie bitte, ich musste noch meine Tiere versorgen", versuchte Lara die Gräfin zu besänftigen. „Schon gut! Kommen sie nun Morgen Vormittag vorbei, um sich die Köter anzuschauen?" Fragte die Gräfin entnervt. Lara graute es zwar jetzt schon vor einer Zusammenarbeit mit dieser versnobten Frau, aber es war jeder Cent wichtig, also stimmte sie widerwillig zu, sich die beiden Hunde, um die es ging, am nächsten Vormittag anzuschauen. Gerade als sie aufgelegt hatte und sich in den Bürosessel sinken ließ, klingelte das Telefon. Laras Freundin konnte es nicht sein, den diese Nummer hatte sie noch nie gesehen. Zögernd hauchte sie ein „Ja" in den Hörer.

„Hallo!? Ich weiß jetzt nicht genau, ob ich bei ihnen richtig bin. Ähm, sind sie die junge Frau der mein Hund heute im Park, dummerweise den Kalender aus der Hand gerissen hat?"
Fragte die sympathische Stimme am anderen Ende der Leitung zögerlich. Überrascht gab sie nur ein „Ja" zurück. „Hmm, ja äh ich wollte fragen, ob du, äh sie Lust haben, mit mir mal was trinken zugehen?" Fragte er unsicher. Das kam ziemlich plötzlich und unerwartet. Lara konnte sich nicht mal mehr an sein Gesicht erinnern, hatte sie ihn überhaupt angeschaut? Nach einer Bedenkpause stimmte sie spontan zu und verabredete sich mit dem Unbekannten für den nächsten Abend. „Wie heißt du eigentlich?" Fragte Lara, deren Neugier nun geweckt war. „Oh! Tschuldige! Louis. Also dann bis morgen Abend Lara", gab er hörbar schmunzelnd zurück. Lara legte das Telefon vor sich auf den Tisch, schloss die Augen und versuchte sich daran zu erinnern wie Louis aussah. Aber so sehr sie sich auch anstrengte, sie konte sich nur an seine Schuhe und den Hund erinnern. Mittlerweile war es nach zehn. In der Küche wartete der Abwasch und vor der Waschmaschine türmte sich die dreckige Wäsche in drei Bergen auf.
Lara füllte die Maschine. Danach machte sie sich an das dreckige Geschirr. Nachdem auch das erledigt war, setzte sie sich an den Küchentisch und begann einen Brief an ihren Vater zuschreiben, der sich bereits in sein Zimmer verkrochen hatte.

Lieber Papa!
So geht's doch nicht weiter hier!
Du bist den ganzen Tag Zuhause
und so Kleinigkeiten wie mal `ne
Waschmaschine anstellen,
den Müll raus bringen,
oder den Abwasch machen muss doch
drin sein, oder?!
Ich möchte dich wirklich verstehen,
aber du machst es mir in letzter
Zeit   nicht gerade leicht...
Denk bitte mal drüber nach,
wie es weiter gehen soll!

Sie lehnte den Brief an die Kaffeemaschine.
Hier war sie sicher, dass er den Brief auch sieht,
weil das das erste war, was er morgens tat.
Bereits um halb sechs klingelte Laras Wecker und
die Nacht sollte schon vorbei sein.
Chili stand vor ihrem Bett und wedelte heftig mit
dem Schwanz. Lara kuschelte sich in ihr warme
Kissen. „Nur noch 3 Minuten", murmelte sie
verschlafen. Doch Chili war hell wach und hatte
entschieden, dass Frauchen nun genug geschlafen
hatte zumal der Wecker ja auch schon ein paar
mal geklingelt hatte. Sie sprang auf Laras Bett
und legte sich Schwanz wedelnd auf sie.
Mit den Vorderpfoten trippelte sie auf Lara rum,
bis die murrend ihre Decke zur Seite warf.
Leise tapste Lara mit Chili im Schlepptau ins
Bad. Als sie in die Küche kam, bemerkte sie
gleich, dass der Brief nicht mehr an der
Kaffeemaschine stand.

Jetzt lag er auf dem Küchentisch. Zufrieden setzte sie neues Kaffeewasser auf und schmierte sich ein Brot mit Honig. Chili bekam ihren Napf vorgesetzt, damit Lara in Ruhe essen konnte, ohne voll gesabbert zu werden. Nach der Stärkung mit Kaffee und Honigbrot ging es zum Stall die Pferde füttern. Sie musste sich heute beeilen, weil sie dringend duschen musste, bevor sie ihren Termin bei der Gräfin hatte. Kurz vor Neun stand sie also vor dem großen Schmiedeeisernen Tor der Gräfin, dass sich wie von Zauberhand öffnete ohne das sie geklingelt hatte. Lara parkte vor dem Eingang der opulenten Villa. Ein Butler stand bereits an der Tür und hieß sie herzlich Willkommen. Er führte sie in einen Großen Salon, wo er ihr einen Platz anbot bis die Gräfin kam. Die Villa lag oben am Hang von Stuttgart. Aus dem Fenster hatte man einen irren Blick über die ganze Stadt. Lara hörte Schritte und drehte sich Richtung Tür, als gerade die Gräfin und ihr Gatte den Raum betraten. Gewohnt Hochnäsig wurde sie von der Gräfin begrüßt. Der Graf hielt sich vornehm zurück, schüttelte mit einem laschen Händedruck kurz Laras Hand und stellte sich artig neben den Sessel, auf dem seine Gattin Platz genommen hatte. „Wie ich ihnen bereits am Telefon erklärt habe, hat uns so ein Gauner diese Hunde verkauft. Er hatte uns versprochen, dass sie Gehorsam und pflegeleicht sind", Lara musste sich auf die Zunge beißen, um der Gräfin nicht ins Wort zufallen für das „gehorsam und pflegeleicht". Nach weiteren 5 Minuten Detail genauer Ausführung der Gräfin,

hörte sie nur noch ein leises Bla, bla, bla.
Lara musterte die Gräfin genau. Ihre Frisur saß
perfekt. Sie trug ein dezentes Make-Up,
dafür opulenten, offensichtlich teuren Schmuck.
Riesen Klunker die ihre Ohrläppchen runter
zogen, das es schon nicht mehr schön aussah.
An Hals und den Fingern trug sie große,
funkelnde Ringe. „Und Frau Merten werden sie
sich nun um dieses Problem kümmern?"
Richtete sich die Gräfin an Lara und durchbohrte
sie regelrecht mit ihrem spitzen Blick.
Zuerst wäre es sehr freundlich von ihnen,
wenn sie mir die Hunde mal zeigen könnten.
Danach entscheide ich was ich für die Hunde tun
kann. Was aber ganz wichtig ist, dass die Hunde
hier Familienanschluss finden. Hunde sind Rudel
Tiere! Es ist nichts für Hunde ständig in einem zu
engen Zwinger zu sitzen. Was ich damit sagen
will ist: das es für ihre Hunde unentbehrlich ist,
eine Bezugsperson zu haben", erklärte Lara.
Das Grafenpaar schwieg, bis der Graf sich zu
Wort meldete und Lara zeigen wollte, wo die
Tiere untergebracht waren. Die Gräfin kam nicht
mit in den Garten, in den der Graf Lara führte.
Der sattgrüne englische Rasen, fühlte sich beim
darüber laufen an wie wenn man über leicht
schwingendes Moos lief. Im hintersten Teil des
Gartens konnte Lara eine Holzhütte erkennen,
auf die sie zu steuerten. Empfangen von
jämmerlichem Gejaule. Lara war erschrocken
über den Zustand der Hunde. Sie waren
schmutzig und rochen noch schlimmer als sie
aussahen.

Die Behausung oder wie auch immer man das nennen wollte, ließ auch sehr zu wünschen übrig, dafür das die Herrschaften selbst in solch einem Palast leben, dachte sie sich. Zielstrebig ging sie auf die Hunde zu und legte ihre Hand auf das Gitter. Neugierig schnupperten die beiden Rottweiler an Laras Hand. „Machen sie bitte auf", forderte sie den Grafen auf.
Unsicher steckte er den Schlüssel in das Vorhängeschloss. Der Bügel schnappte auf. „Sind sie sicher, das ich öffnen soll? Ich meine, der Größere hat meine Frau fast gebissen", fragte der Graf nervös nach. „Bei Hunden ist wie bei uns Menschen, manche mögen sie und manche eben nicht", gab Lara Augen zwinkernd zurück. Der Graf schmunzelte und öffnete die Tür des Zwingers. Fröhlich sprangen die Hunde aus ihrem Gefängnis. „Wie heißen die beiden eigentlich?" Fragte sie. „Ja es ist so, dieser Verbrecher hat uns das überlassen, wie wir sie nennen, aber um ehrlich zu sein haben wir uns vor lauter Ärger mit der Polizei, keine Gedanken darüber gemacht", antwortete er entschuldigend. „Hier!" Rief sie laut. Zu ihrer Überraschung kamen die Beiden tatsächlich und Lara belohnte sie mit einem Leckerchen, wo von sie immer welche in ihrer Jackentasche hatte. „Ich würde vorschlagen, wenn sie nichts dagegen haben, nehme ich die Beiden mit zu mir nach hause, dann schau ich mir mal ein paar Tage an was sie können und wie sozialisiert sie sind und dann sprechen wir wieder und schauen wie es weiter geht. Ich bringe die Hunde ins Auto und werde noch einmal reinkommen, um mir die Papiere an

zu sehen, die ihnen der Mann dagelassen hat und die Impfpässe bräuchte ich.
Denken sie auch mal darüber nach, wer sich dann um die Hunde kümmert, wenn ich sie ihnen zurück bringen sollte, wenn die Beiden nur im Zwinger sitzen wird das beste Training auch nichts nützen", plädierte Lara leidenschaftlich.
Der Graf schwieg. Zu ihrer großen Verwunderung leinte er die Hunde, ohne irgendwelche Berührungsängste an und führte sie zu ihrem Auto. Anschließend hielt er Lara höflich die Haustür auf und ließ sie eintreten. Prompt kam die Gräfin herbei geeilt, um in Erfahrung zu bringen, wie es jetzt weiter ging. Erstaunlich selbstbewusst, erklärte er seiner Gattin, was Lara vor hatte. Nachdem die Gräfin mitbekommen hatte, dass Lara diesen Auftrag annahm, verabschiedete sie sich gewohnt Hochnäsig. Als die Gräfin außer Reichweite war, flüsterte der Graf Lara zu: „ Sie macht sich nicht aus Tieren, aber sie meint es wirklich nicht persönlich, sie hat und hatte es nicht leicht".
Der Graf führte sie einen langen dunklen, mit Holz getäfelten Korridor entlang.
Er trat durch eine Tür. Offensichtlich war es sein Arbeitszimmer. Er ging zum dem großen Schreibtisch und öffnete eine Schublade, die sich mit einem leichten Knarzen öffnete.
Er legte Papiere auf den Schreibtisch und bat Lara näher zukommen, damit sie sich die Papiere ansehen konnte. In der Schublade sah sie ein Bild liegen, in einem edlen silbernen Rahmen eingefasst. Merkwürdig dachte sie bei sich. Plötzlich wurde sie aus ihren Gedanken gerissen.

„Was halten sie davon?" Hörte sie die Gräfin spitz hinter ihrem Rücken fragen.
„Ich kann auf den ersten Blick nichts erkennen. Das sind ja nur Kopien. Die Polizei wird ihnen schon Bescheid geben, ob die Papiere echt sind. Es ist aber eigentlich Gang und Gäbe das die Hundemafia gefälschte Impfpässe für den Hund raus gibt", antwortete Lara. Nachdem die Gräfin ihrem Gatten in harschem Ton befohlen hatte, die Schublade zu schließen, was Lara nun erst recht komisch vorkam, verschwand die Gräfin so schnell wie sie gekommen war. „Es tut mir leid das sie dieses Verhalten meiner Frau erleben mussten. Seit sie mit unserem Sohn nicht mehr spricht, ist sie unausstehlich", versuchte der Graf sich erneut zu entschuldigen. "Das Privatleben meiner Kunde geht mich nichts an", erwiderte Lara. Geschäft ist nun mal Geschäft, dachte sie ganz nach dem Motto ihrer Großmutter.
„Sie brauchen sich nicht zu rechtfertigen. Ich werde jetzt gehen und sie melden sich, falls ihnen ein Name für die Hunde eingefallen ist", sagte sie einfühlsam. Der Graf begleitete sie bis zu ihrem Auto und hielt ihr die Tür auf.
„Da habt ihr ein Zuhause bekommen", sagte sie ironisch zu den Hunden, als sie durch das Schmiedeeiserne Tor fuhr.
Bevor sie in ihre Garage fuhr fiel Lara wieder ein, dass sie heute verabredet war und freute sich auf die willkommene Abwechslung. Vor lauter Arbeit hatte sie in den letzten Monaten überhaupt keine Zeit jemanden kennenzulernen.

Das war eine willkommene Gelegenheit endlich mal ein bisschen aus dem Alltagstrott raus zu kommen.
Die nächste freudige Überraschung erlebte Lara, nach dem sie die Haustür aufgeschlossen hatte. Ihr Vater kniete vor dem alten Büffetschrank und saugte! Auch der Rest des Hauses blitzte und blinkte, wie schon lange nicht mehr. „Wow Papa! Du warst ja echt fleißig", lobte sie ihn freudig. „Seit ihr dreckig?" Fragte er außer Atem und fügte beim zweiten Blick ein: „Wer sind den die beiden", hinzu. „Von dieser Gräfin und ihrem Mann, die vor einem halben Jahr in die Villa der Rothenburgs, oben am Hügel gezogen sind. Für sie sind das nur zwei Nutzviecher, die ihre Villa bewachen sollen und keine Tiere mit `ner Seele", erzählte sie ihrem Vater, der mit dem Staubwedel geschäftig über die Schränke fuhr.
Lara ging mit den beiden Rottweilern auf die kleine Koppel. Lapis und Nougat standen neugierig an der Nachbarkoppel und schauten zu was Lara da machte. Grundkommandos wie Sitz, Platz und Komm, kannten sie, aber das war`s auch schon. Da sie heute keine weiteren Termin hatte, außer ihre Verabredung später, beschloss sie spontan auf einen kleinen Ausritt zu gehen. Die Hunde nahm sie mit.
Beinahe wären ihr die Beiden auf dem Rückweg abgehauen. Sie hatten einen Feldhasen entdeckt und sprinteten freudig hinter der vermeintlichen Beute her. Zum Glück für Lara waren die Beiden schon ziemlich ausgepowert und trotteten nach kurzem Sprint wieder gemütlich hinter Lapis und Lara her, als sei nichts gewesen. Zurück im Haus

tranken sie ihre Wassernäpfe leer und legten sich erledigt vor Laras Bett und wollten nichts mehr wissen. Doch vorher mussten sie duschen. Nachdem Lara es endlich geschafft hatte die beiden Hunde zu waschen und einigermaßen trocken zu bekommen, hüpfte auch sie unter die Dusche. Danach kam der Kampf mit dem anziehen. Lara probierte unzählige Kombinationen, bis sich ein großer Haufen auf ihrem Bett gebildet hatte. Trotz allem hatte sie immer noch nicht das Richtige gefunden. Nicht hundertprozentig sicher, entschied sich dann doch für die erste Hose die sie anprobiert hatte. Nach drei weiteren Blusen und zwei weiteren Tops, hatte Lara endlich das passende Oberteil gefunden. Vor lauter Aufregung rund ums anziehen, hatte sie total vergessen auf die Uhr zu sehen. Doch dabei stellte sie nur fest, dass sie sich gar nicht hätte so beeilen müssen. Sie hatte noch fast zwei Stunden Zeit.
Nach dem sie den Haufen Klamotten wieder ordentlich im Schrank verstaut hatte,
wagte Lara einen Blick auf ihren überquellenden Schreibtisch. Immer mal wieder linste sie zur Uhr. Jede Minute die vergangen war wurde sie nervöser, es war ja wie ein Blinddate und so sehr sie sich auch anstrengte, sie konnte sich überhaupt nicht an Louis Gesicht erinnern. Melanie, Laras Beste Freundin rief genau im richtigen Moment an. „Na du Workaholic? Meldest dich gar nicht mehr bei mir",
sagte Melanie in einem vorwurfsvollen Ton.

„Ja, ja ich weiß viel zu Tun", ergänzte sie bevor Lara es tun konnte. „Im Moment hab ich mich angezogen, um zu einem Date zu gehen", gab sie gelassen zurück und wusste genau, dass Melly aus allen Wolken fallen würde. „Ja klar! Wer's glaubt wird selig! Du auf'n Date!? Wer ist den der Glückliche?" Fragte sie ungläubig. „Ich kenn ihn nicht, es ist eine Art Blinddate", gab Lara nun etwas eingeschüchtert zurück. „Wie du kennst ihn nicht? Internet, oder Flirtline?" Bohrte Melly neugierig weiter. „Keines von beidem. Sein Hund hat mir den Timer runter geworfen. Er hat sich sofort entschuldigt und ich bin mit Chili abgezischt. Abends, so um Neun klingelte mein Telefon. Ich dachte erst, dass du das bist. Er war`s und wollte sich mit mir verabreden. Was mich allerdings an dieser Geschichte wundert, wo er meine Nummer her hat. Und Melly weißt du was das schlimmste ist, ich kann mich überhaupt nicht an sein Gesicht erinnern", erzählte sie aufgeregt ihrer Freundin. Melly gab nur ein komisches "Okay" von sich, was Lara noch mehr verunsicherte. Nach einer Pause begann Melly erneut zu fragen: „Was hast du den dann von ihm gesehen? Und mit deiner Nummer, entweder ist er Beamter bei der Stadt, oder er ist ein Bulle. Wie soll er den sonst an deine Nummer gekommen sein?" Lara gab nur ein „Mh" und „Ja" zurück und ergänzte es mit Details über Louis Hund und seine Schuhe. „Tja meine Liebe, ich hoffe sehr für dich, dass es kein Reinfall wird. Ich sag dir aus Erfahrung, dass Blinddates so eine Sache für sich sind. Man darf auf keinen Fall zu

anspruchsvoll sein und am besten keine großen Erwartungen haben", belehrte Melly Lara. „Wenn er mir nicht gefallen sollte, dann mach ich's so wie du. Ich sag einfach ich muss aufs Klo und verpiss mich dann," sagte Lara lachend. „Wann und wo seid ihr den verabredet?"
Fragte Melanie vom Thema ablenkend. „Oh! Jetzt in einer dreiviertel Stunde und wo sag ich dir nicht," antwortete Lara provokant.
„Keine Sorge, ich komm nicht vorbei um ihn abzuchecken! Dann geh dich mal hübsch machen und viel Spaß! Meld` dich, wenn du zurück bist", schloss sie schnell ab, dass Lara sich gerade noch verabschieden konnte, bevor Melly aufgelegt hatte. Eilig wollte sie ins Bad, um ihre Haare zu begutachten und falls nötig nach zu bessern. Beinahe hätte sie dabei ihren Vater über den Haufen gerannt, der sie genau so erstaunt ansah, wie Lara ihn. Fast gleichzeitig sagten sie: „Wow! Was hast du den vor?" Und mussten Lachen. Nachdem beide wieder Luft geschnappt hatten, sagten sie erneut fast gleichzeitig: „Ich bin verabredet".
Lara und ihr Vater prusteten los. „Soll ich dich wo hin mitnehmen?" Fragte Lara während sie sich die Jacke anzog. Zögerlich antwortete ihr Vater: „Ach, warum nicht? Ein Stück kannst du mich mitnehmen". Aus dem Augenwinkel betrachtete sie ihren Vater während, er in ihr Auto stieg. Gut sah er aus. Frisch rasiert. Seine Haare waren gewaschen und ordentlich zu einem Zopf zusammen gebunden. Er trug eine schwarze Jeans und ein weißes Hemd mit Trendy Applikationen. „Das Hemd kenn` ich gar nicht",

sagte Lara schmunzelnd. „Ich war einkaufen", gab ihr Vater trocken zurück. „Tja, bei all diesen Wandlungen würde ich vermuten, dass du verliebt bist", erwiderte sie mindestens genauso trocken. Er schwieg, aber sie konnte, trotz Abenddämmerung sehr gut erkennen, wie seine Augen funkelten und er irgendwie glücklich aussah. Ein Blick sagt manchmal mehr, als tausend Worte dachte sie, wie plötzlich aber diese Wandlung von statten ging.
Am Hauptbahnhof ließ sie ihren Vater aussteigen, der sich ungewöhnlich überschwänglich und freudig nervös verabschiedete. Nachdem er die Autotür zugemacht hatte und Lara sich zurück in den Verkehr einreihte, sagte sie sich laut grinsend: „Also doch verliebt!" Sie fuhr in Richtung Stuttgart West, hatte aber total vergessen, dass sie auf die andere Straßenseite musste. Bei der nächsten Gelegenheit wendete sie und fand zu ihrer großer Freude sofort einen Parkplatz. Als sie ihr Auto abgeschlossen hatte und sich die Tasche umhängte, wurde sie noch zittriger. Vor allem, weil sie ja überhaupt nicht wusste wie Louis aussah. Hoffentlich macht er sich bemerkbar. Ich kann doch nicht unter jeden Tisch schauen, was die Typen für Schuhe anhaben. Wahrscheinlich hat er überhaupt nicht die selben Schuhe an. Sie war noch nicht richtig zur Tür reingekommen, da sah sie hinten links einen Mann aufspringen der ihr grinsend entgegen kam. „Lara! Schön das du da bist! Komm!" Freute Louis sich und lief zurück zu dem Tisch hinten in der Ecke, wartete aber bis

sie sich gesetzt hatte. Sie zog ihre Jacke aus und legte sie neben sich auf die Bank. „Jetzt musst du mir aber erst mal verraten, wie du an meine Telefonnummer gekommen bist?" Fragte Lara offensiv und um gleich ins Gespräch zu kommen. „Mh, ganz ehrlich? Ich hab dich über dein Autokennzeichen gefunden", gab Louis zögerlich zurück. Lara standen die Fragezeichen förmlich ins Gesicht geschrieben. „Ich bin Polizist", ergänzte er und nippte nervös an seinem Wasser. „Aha, interessant, dann ist das Deine Masche um an Frauen zu kommen", gab Lara grinsend zurück. „Nein, du warst so schnell weg.... Und du? Du bildest Hunde aus?" Fragte er schüchtern. So kamen die Beiden vom einen Thema zum anderen. In den kurzen Momenten der Stille, wenn Trinken, oder Essen kam, wunderte Lara sich. Sie hatte das Gefühl, als würden sie Louis schon ewig kennen. Sie spürte ein angenehmes Gefühl in der Magengegend, dass sie so noch nicht gefühlt hatte. Zudem kam, dass er entgegen Melly`s und auch ihrer Befürchtung ein sehr gutaussehender, gebildeter, humorvoller, groß gewachsener Mann war. Seine Haut hatte einen wunderschöne dunkle Farbe, nicht so käsig weiß wie Laras Haut. Ihre Blase zwickte nach dem dritten Cola Glas und sie verschwand auf dem Klo. Erstaunt stellte sie nach dem Hände waschen fest, dass es schon kurz nach halb zwei war. Lara setzte sich zurück an den Tisch. „So langsam sollte ich heim fahren, es ist ziemlich spät geworden", sagte sie fast schon entschuldigend zu Louis. „Was! Es ist gleich 2.

Ich hab gar nicht gemerkt, wie schnell die Zeit vergangen ist, aber das warst du!" Gab er schmunzelnd zurück und legte seine warme Hand auf Laras Sie merkte, wie das Blut in ihre Wangen schoss und knallrot, wie eine Tomate wurde und die Schmetterlinge in ihrem Bauch tanzten Samba dazu. „Ich zahl kurz und dann bring dich zu deinem Auto", sagte Louis während er aufstand um Lara Gentlemanlike in ihre Jacke zu helfen. Sie lief ihm nach, knackiger Hintern dachte sie und musste grinsen. Die Frische Luft draußen tat gut, aber es war ganz schön frisch geworden und Lara begann ein wenig zu zittern und doch kamen sie viel zu schnell an ihrem Auto an. Keiner von beiden wusste so recht was er nun sagen sollte. Louis zog sie vorsichtig zu sich. Zärtlich hielt er ihren Kopf in seinen Händen und küsste sie, dass Lara fast wie Schokolade in der Sonne davon geschmolzen wäre. „Ich hoffe wir sehen uns bald wieder!?" Fragte Louis, nachdem er seine weichen Lippen von ihren gelöst hatte. Lara war so perplex, dass sie nur nicken konnte. Plötzlich sagten sie gleichzeitig: "Ich melde mich morgen", und sie mussten lachen. Er gab ihr noch einen kurzen Kuss, dass sich Lara wie auf Wolke 7 schwebend in ihr Auto setzte. Aus dem Augenwinkel sah sie, wie er sich immer wieder zu ihr umsah. Grinsend und wie betrunken fuhr Lara nach hause. Dort wurde sie von den Hunden überschwänglich in empfangen genommen, wie wenn sie Tage lang weg gewesen wäre. Ihr zweiter Blick fiel auf den Sessel, in dem ihr Vater sonst saß. Heute war er ungewohnt leer.

Er scheint sich auch zu amüsieren, dachte Lara und freute sich das ihr Vater die Zeit des Trauerns nach der Scheidung, scheinbar überwunden hatte. Eine Weile lag sie in ihrem Bett und konnte nicht einschlafen. Die Gedanken an Louis ließen sie einfach nicht los.
Mindestens viermal nahm sie ihr Telefon in die Hand und legte es wieder zur Seite, weil sie sicher war, dass Melly schon schlafen würde.
Also erzählte sie Chili und den Rottweilern der Gräfin, was heute Abend passiert war.
Lara wäre sonst geplatzt, wenn sie nicht darüber gesprochen hätte, auch wenn es nur die Hunde waren. Gegen vier Uhr früh schlief sie ein und wurde erst wach, als das Telefon direkt neben ihrem Ohr, schrecklich laut klingelte.
Verschlafen nahm sie den Hörer ab.
„Und? Auf erzähl! Wie war`s gestern?"
Sprudelte es nur so gut gelaunt und neugierig aus Melly, während Lara kaum die Augen auf bekam. Heiser und total verschlafen berichte sie vom gestrigen Abend. Den Kuss ließ sie weg, aber Melly durchschaute ihr Freundin sofort und merkte natürlich, dass Lara sich verknallt anhörte.
„Also dann seht ihr euch bald wieder? Du musst ihn mir unbedingt vorstellen!"
Schloss sie mit gestillter Neugier ab.
Nachdem Melly Lara von ihrem Abend, mit ihrem Nervtötenden Ex berichtet hatte, verabschiedeten sich die beiden Freundinnen und nahmen sich vor, unbedingt nächste Woche sich mal zu treffen. Mit schlafen war es jetzt vorbei und Laras Gedanken kreisten wieder nur um

Louis. Langsam trotte sie ins Badezimmer und merkte nicht, dass erneut das Telefon klingelte. Leise ging sie in die Küche um Kaffeewasser auf zu setzten.
Ihr Vater saß nicht wie gewohnt in seinem Sessel, doch bis jetzt dachte Lara sich nichts dabei. Hastig trank sie ihren Kaffee und ging mit den Hunden zum Stall, wo die Pferde schon ungeduldig warteten, dass sie endlich was zu fressen bekamen. Lara war heute ziemlich spät dran mit füttern. Ob er wohl schon angerufen hat fuhr es ihr durch den Kopf. Ich ruf ihn nicht an, wenn er sich noch nicht gemeldet hat, dachte sie sich. Es ließ ihr einfach keine Ruhe und Lara eilte zum Telefon. Zwei neue Anrufe, beide von Louis und Lara sank schmelzend wie eine 14 jährige auf ihren Sessel. Vielleicht sollte sie zurück rufen, oder ihn noch ein bisschen zappeln lassen überlegte sie sich. Das Klingeln des Telefons riss sie aus ihren Gedanken. Ihr Herz klopfte fast hörbar bis zum Hals. „Na Kleines, ausgeschlafen?" Fragte er sie liebevoll, als sie den Hörer abgenommen hatte. „Ich war schon bei den Pferden und du?" Fragte sie zurück. „Du hast mir den Schlaf geraubt, im wahrsten Sinne des Wortes", schmeichelte er ihr.
Lara hielt sich zurück und gab nicht zu, dass es ihr genauso ging. „Hättest du später Lust auf einen Kaffee? Ich muss jetzt noch ein Paar Dinge hier auf dem Revier erledigen und würde, wenn du willst dich nachher abholen", wollte Louis wissen. „Du weißt, dass ich am liebsten selber fahre", erwiderte sie.
„Du darfst auch fahren", schmunzelte er.

Nach dem Gespräch drehte Lara ihr Radio auf, aus dessen Boxen Pharell Willams „Happy"" dröhnte und ihre Glücksgefühle fast überkochen ließen.
In der Wartezeit, bis Louis sich meldete räumte sie endlich ihren Schreibtisch fertig auf.
Da im Haus sonst mal ausnahmsweise nichts zu tun war und Louis sich immer noch nicht gemeldet hatte, machte sie sich an den ungeliebt, lästigen Papierkram und die Finanzen.
Ihr Kopf qualmte vor lauter Zahlen und Belegen.
Als Lara gerade wieder den Stift ansetzten wollte, klingelte es an der Tür. Erschrocken fuhr sie zusammen. Ihr Vater war weit und breit nicht zu sehen und zu ihrer Freude, roch nicht das ganze Haus nach Dad`s Rauchkraut.
Chili und die Rottweiler, preschten zur Tür und bellten im Chor. Lara machte nur ein lautes „Scchhhhh!". Mit den Augen auf den Hunden, öffnete sie die Tür. „Hallo!" Begrüßte Louis Lara freudestrahlend. „Hallo! Wenn du keine Angst hast, dann komm rein", forderte sie ihn auf.
„Ich hab doch selber einen Hund", trat ein und streckte den Hunden seine Hand zum beschnuppern entgegen. Chili schien Louis auf Anhieb zu mögen, was Lara genau beobachtete, da ihr Chilis Riecher, im wahrsten Sinne des Wortes, ausgesprochen wichtig war. „Ich hol meine Jacke", sagte sie zu Louis, der nun von drei Schwanz wedelnden Hunden in Beschlag genommen wurde. Mit Schweineohren bewaffnet ging sie zur Tür und erzählte den Hunden, wie sie es einem Menschen erklären würde,

dass sie jetzt geht. Artig saßen die Drei vor ihr und warteten bis es endlich das Leckerli gab.
Mit Schweineohr im Maul suchte sich jeder einen ruhigen Platz. Nun konnten Lara und Louis fast unbemerkt das Haus verlassen.
Louis hielt Lara den Autoschlüssel vor die Nase: "Da, du wolltest doch fahren!" Lara war ziemlich platt, als sie neben ihrem weißen, schon altersschwachem BMW, einen mattschwarzen Maserati stehen sah. „Wow, wie kannst du dir dieses Auto leisten, mit deinem Polizistengehalt?" Rutschte es ihr raus. Überrascht über ihre diese direkte Frage,
gab er nur knapp ein „viel dafür gearbeitet" zurück. Sichtlich genoss Lara die Fahrt.
An einer Raststätte legten sie einen kurzen Stopp ein um sich was zu trinken zu holen.
Allerdings machte Louis sie so nervös, dass Lara zeitweise rot anlief und sich fühlte wie in der Fahrschule. Louis war ganz die Ruhe selbst und gab keinen Mucks von sich, wenn sie in einen falschen Gang schaltete, oder noch nicht so ganz das Gefühl für die Bremsen hatte. Sie hatten gerade das Stuttgarter Statdteingangsschild passiert, als er sie zögerlich fragte, ob sie nicht Lust hätte mit zu ihm zukommen.
"Hmmm, ich muss erst Zuhause anrufen,
damit mein Dad die Pferde und Hunde versorgt", gab Lara zurück.Sie hielt bei der nächsten Gelegenheit an und stellte den Motor aus.
Zweimal rief sie an und ließ es klingeln,
bis eine Ansage ihr mitteilte das der Teilnehmer nicht erreichbar war. „Ich muss erst heim und die Tiere füttern", sagte sie genervt, dass ihr Vater

nicht ans Telefon ging. Vor der Haustür schickte Lara ein Stoßgebet zum Himmel, dass sie nicht von einer Rauschwade empfangen wurden, jetzt wo Louis dabei war. Chili und die Rottweiler begrüßten die beiden freudig, doch von Laras Dad keine Spur.
Nach der erledigten Stallarbeit, bei der Louis ihr tatkräftig zur Hand ging fragte Lara ihn, ob er was frisches zum anziehen wollte, merkte aber erst als sie es schon ausgesprochen hatte, wie dämlich diese Frage war, den was sollte sie ihm den zum anziehen geben? Schmunzelnd sagte er: „Ich glaub, ich sollte Zuhause duschen. Deine Größe passt mir, glaub ich nicht ganz."
„Willst du einen Kaffee, oder Tee trinken, so lang du warten musst bis ich geduscht habe? Ich beeile mich auch", sagte sie leise und hauchte im einen Kuss auf die Lippen. „Gern", gab Louis zurück und legte seinen Arm um sie.
Vor lauter Eile und Hektik die Lara verbreitete, um Louis nicht lange warten zulassen, pustete sie sich selbst Kaffeepulver in die Augen, weil sie sich die Dose viel zu nah ans Gesicht hielt. Puh, er hatte es nicht gemerkt, peinlich so was passiert auch immer mir dachte sie. Ganz ruhig bleiben, sagte sie sich und zählte innerlich auf zehn, dass sie dabei total vergaß, wie viele Löffel Kaffee sie bereits eingefüllt hatte und begann noch mal von vorne. „Du nimmst dir den Kaffee, wenn er fertig ist", sagte Lara erleichtert, es endlich geschafft zu haben und huschte in ihr Zimmer. Eilig wollte sie eine Jeans aus dem Schrank holen. Rumps! Der halbe Inhalt des Kleiderschranks lag ihr nun zu Füßen, weil der

Bügel auf dem die Hose hing, sich verhakt hatte, Lara kräftig daran zog das sie die ganze Kleiderstange mit raus riss. „Alles in Ordnung bei dir?" Rief Louis besorgt aus der Küche.
„Ja, ja", sang sie zurück, als sei überhaupt nichts passiert. Bewusst langsam und vorsichtig, ging Lara ins Bad. Gerade als sie aus der Dusche kommen wollte, hörte sie Louis vor der Tür fragen, ob sie auch einen Kaffee wollte. Erschrocken wollte sie aus der Dusche und nach dem Handtuch greifen, als sie auf dem Duschvorleger ausrutschte und unsanft auf ihrem Hintern landete. Besorgt fragte er erneut: "Geht's dir gut?" Schnell murmelte sie ein „Ja, ja, alles ok", und ärgerte sich über sich selbst, wie ungeschickt sie sich gerade anstellte.
Nach weiteren 15 Minuten Haare föhnen und etwas Schminke auflegen, hatte es sie geschafft, sich ohne weitere Pannen fertig zu machen.
„Du fährst, oder?" Fragte Louis sie grinsend, während er artig seine Kaffeetasse abwusch.
„Ich werde gerne deine persönliche Fahrerin. Wie sieht's aus mit der Bezahlung?" Erwiderte Lara breit grinsend. „Du hast mich dann den ganzen Tag am Hals und musst dich nicht mehr mit der Erziehung von neu Hundebesitzern rum schlagen", gab er schlagfertig zurück, zog Lara zu sich und küsste sie. Nach ein paar Minuten lösten sie sich von einander und Louis sagte:
„Lass uns zu mir gehen, ich sollte dringend auch duschen. Galant half er Lara in ihre Jacke und hielt die Haustür auf. Louis navigierte Lara nach Stuttgart West. Sichtlich genoss er es neben

einer hübschen Frau, in solch einem Auto von den anderen Leuten angeglotzt zu werden. Typisch Mann dachte sie sich und musste grinste, aber komischerweise störte sie es bei ihm überhaupt nicht.
„Jetzt noch nicht" hätte Melly nun kritisch ihren Senf dazu gegeben. Er wohnte in einem alten, dreistöckigen Wohnhaus, oben im Dachgeschoss. Die Wohnung war, wie sie es schon fast vermutet hatte, genau nach ihrem Geschmack eingerichtet. Die ganze Fensterbank im Wohnzimmer war voll mit Kakteen. Kleine, Große, Blühende, Stachlige und Flauschige. Über der großen, grauen Eckcouch hing ein wunderschönes großes Bild von Hundertwasser, dass Lara in seinen Bann zog und sie wie hypnotisiert drauf starrte. Rechts an der Wand hing der CD Player, darunter hatte Louis eine beeindruckende CD Sammlung. Neugierig las sie die Titel auf den Covern.
„Na? Auch was für dich dabei?" Fragte er, der sie plötzlich von hinten umarmte.
Seine etwas längeren, nassen Haare kitzelten sie am Hals während er ihr das T-Shirt an der Schulter zur Seite zog und behutsam mit seinen Lippen über ihre Haut fuhr, dass sie am ganzen Körper Gänsehaut bekam. Lara konnte nicht antworten, er raubte ihr im wahrsten Sinne des Wortes den Atem. „Ich hab was vorbereitet", hauchte er ihr ins Ohr und schob sie in Richtung Zimmer am Ende des Flurs. Louis öffnete die Tür. Ein Kerzenmeer und ein himmlischer Duft von frischen Blumen überwältigte Lara geradezu. Vorsichtig legte er sie auf das Bett. Was jetzt weiter passierte darf sich jeder Leser selbst

vorstellen. Vielleicht spielten sie ja auch nur eine Partie Dame, oder Mau Mau, was ich aber angesichts der sprühenden Funken im Raum, eher für unwahrscheinlich halte.

Die Kerzen waren gelöscht. Lara lag in seinen Arm gekuschelt und schlief. Louis war plötzlich aufgewacht, als ob er zu ahnen schien, dass keine Minute später sein Telefon klingeln würde. Schnell nahm er das Gespräch an, damit Lara von dem Klingeln nicht wach wurde. Es war sein Kollege. Louis musste zu einem Tatort am Neckarstrand, an dem jemand eine Frauen Leichen gefunden hatte. Leise versuchte er sich zu befreien, doch Lara wachte auf und fragte verschlafen, was er vor hatte. „Ich muss zu einem Tatort. Rudi mein Kollege hat angerufen. Tut mir leid, ich hab Bereitschaftsdienst, also bleibt mir leider nichts anderes übrig als dich hier alleine zulassen. Ich versuche schnell zurück zu sein!" Sagte er tröstend. „Bleib liegen. Ich bring Brötchen mit. Nach dem Frühstück kann ich dich heim fahren, außer du willst sofort heim", ergänzte er mit Schmollmund, wie es kleine Kinder tun, um ihre Eltern, oder Großeltern um den Finger zu wickeln. Schwer fiel ihr diese Entscheidung nicht und kuschelte sich in die Decke, die nach herrlich nach Louis roch. Von weit entfernt bekam sie mit, wie er noch mal an das Bett kam und sich mit einem Kuss auf Laras Stirn verabschieden. Blitzartig wurde Lara wach, als sie das Klappern der Schlüssel im Schloss hörte. Sie hörte etwas rascheln. Sie schloss die Augen und tat so, als würde sie noch schlafen. Louis kam ins Schlafzimmer und setzte sich auf die Bettkante. Lächelnd strich er ihr eine Haarsträhne aus dem Gesicht. Lara öffnete die Augen und sah in seine tiefbraunen Augen.

„Guten Morgen Kleines", flüsterte er leise, beugte sich vor und gab ihr einen Kuss. Was ihr ziemlich unangenehm war, weil sie bestimmt diesen blöden, üblichen, Morgen-Mief-Mundgeruch hatte. „Ich mach einen Cappuccino, kommst du dann", fragte Louis sie während er sich auf den Weg in die Küche machte. Widerwillig, weil es so kuschelig und warm war stand Lara auf, streckte sich und erschrak über ihren Anblick im Spiegel. Seh` ich zerknautscht aus, peinlich dachte sie und rieb sich den Schlaf aus den Augen. Nach einer Katzenwäsche und mit frisch geputzten Zähnen fühlte Lara sich etwas wohler. Sie ging in die Küche, wo Louis liebevoll den Tisch gedeckt hatte. In der Mitte brannte eine große Kerze mit kunstvollen Verzierungen, die wie Louis ihr erklärte aus Südafrika stammte und in mühevoller Handarbeit hergestellt wurde. Frischer Kaffeeduft lag in der Luft.

Noch tranig setzte Lara sich an den Tisch. Louis setzte sich ihr gegenüber. „Wie spät ist es eigentlich?" Fragte sie, während sie das noch warme Brötchen teilte. „Halb Sechs!" Gab er entspannt zurück. Sie war geplättet von seiner guten Laune und Gelassenheit am sehr,

sehr frühen Morgen. Sie war eher die Kategorie Morgenmuffel. Meistens hatte sie das Gefühl nicht richtig ausgeschlafen zu sein. Heute war es anders, obwohl sie nicht mehr als sonst geschlafen hatte. Das macht er mit mir, dachte sie und sah Louis verträumt an.

„Wenn wir gefrühstückt haben muss ich wieder zum Revier, ich fahr dich dann heim", bemerkte er fast beiläufig, aber ernst. „Ist in schon ok. Ich muss mich sowieso um die Tiere kümmern", antwortete Lara. Kurz vor halb sieben, standen sie vor Laras Haus. Den Beiden viel es schwer sich von einander zu verabschieden.
Etwas merkwürdig bedrückendes lag in der Luft.
Die Hunde empfingen Lara wie gewohnt, als wäre sie eine Woche im Urlaub gewesen, aber von ihrem Vater immer noch keine Spur.
So langsam machte sie sich Sorgen. Das war nicht seine Art so lange weg zu bleiben, ohne sich mal zwischen drin zu melden.
Sie öffnete die Tür vom Wintergarten, der immer noch so verlassen aussah, wie vor zwei Tagen. Chili und die Rottweiler der Gräfin, sprinteten fröhlich in den Garten. Rasch ging sie sich umziehen und eilig hinterher. Die Pferde scharrten unruhig mit den Hufen. Lara schloss das Gatter hinter sich und öffnete die Boxen, damit die Pferde auf die Koppel konnten.
Als die Ställe ausgemistet waren, wusch sie sich die Hände und begann mit den Rottweilern zu trainieren. Den Hunden schien es Spaß zu machen und sie konnte zwei Stunden mit den

Hunden der Gräfin arbeiten, danach waren sie ziemlich erledigt und gingen freiwillig zurück in Haus, um sich auf ihre Decke zu legen, die Lara für sie hergerichtet hatte.
Zufrieden kraulte sie ihre Hündin hinter den Ohren, die nach Laras Aufmerksamkeit gierte, weil sie es sonst immer Laras Nummer 1 war.

„Die Zwei haben wir für Heute geschafft!"
Sagte sie schmunzelnd zu Chili, die mit ihrem wedelnden Schwanz den das Stroh und den Staub vom Boden fegte. Lapis und Nougat wälzten sich im Schlamm und jagten sich anschließend über die Koppel. Lara ging zufrieden zurück zum Haus und stellte fest, dass sie heute noch die Mini Gruppe trainieren musste, aber sie nahm es heute ungewohnt gelassen, als hätte Louis ihr was von seiner Ruhe und Gelassenheit abgegeben.
Ihr Haus war ungewohnt verlassen, leer und still. Sie ging duschen und überlegte sich währenddessen, ob sie jetzt nicht die Krankenhäuser nach ihrem Dad ab telefonieren sollte. Hoffentlich ist ihm nichts passiert.
Sie telefonierte alle Krankenhäuser in Stuttgart durch, doch keine Spur von ihm. Vielleicht ist er nachher da, wenn ich vom Hundeplatz zurück komme, ermutigte Lara sich selbst.
Eilig, weil immer viel zu spät dran, packte sie ihre Tasche, mit Anmeldungsformularen und Info Material für Hundebesitzer. Chili nahm sie mit, die beiden Rottweiler ließ sie da und betete, sie mögen ihre Wohnungseinrichtung nicht zerstören bis sie zurück war. Am Hundeplatz

wurden Lara und Chili von 15 chaotisch durcheinander wuselnden, sechs bis acht Monate alten Hundekindern aller Rassen empfangen. Deren Besitzer teilte Lara in drei Kategorien ein. Diejenigen, die hilflos mit der Situation und ihrem Welpen überfordert waren.
Die, die aufmerksam zuhörten und versuchten, so gut es ihnen möglich war, Laras Ratschläge umzusetzen. Ja und dann gab es eben diese Menschen die meinten die Weisheit mit Löffeln gefressen zuhaben. Sie wussten alles besser, haben Dokumentationen gesehen und Ratgeber gelesen, oder womöglich ist das schon der zweite oder dritte Hund, der so ganz anders ist, schafften es aber trotzdem nicht, ihren Hund in den Griff zu bekommen. Die letzte Kategorie war für Lara die schlimmste, es war Nerven aufreibend mit Klugscheißern zu diskutieren. Die Sonne bahnte sich ihren Weg durch die Wolken und wärmte angenehm die Luft.
Die zwei Stunden auf dem Hundeplatz vergingen heute wie im Flug. Geduldig antwortete sie auf jede Frage und hatte hinterher das Gefühl heute richtig was bewegt zu haben, ohne sich geärgert zu haben. Zuhause wollte Lara noch ein wenig die Pferde bewegen. Ihr Dad war immer noch nicht im Haus zu entdecken. Lara musste aber erst die Pferde bewegen, bevor es dunkel wurde und dann konnte sie sich weiter darum kümmern, warum ihr Vater seit nun 3 Tagen ohne ein Lebenszeichen verschwunden war. Doch sie erkannte schnell, dass Lapis und Nougat keine Lust hatten ernsthaft etwas zu tun.

Chili übernahm Laras Job und jagte die Pferde auf der Koppel hoch und runter.
Sie ging währenddessen zum Stall, um die Futtertröge zu füllen und frisches Heu in die Boxen zu hängen. Nougat und Lapis hörten, wie Lara das Futter in die Tröge füllte und kamen herbei galoppiert, dass sie gerade noch ausweichen konnte.
Tief schnaubend steckten sie ihre Nüstern in den Trog und ließen es sich schmecken.
Erledigt zog sie sich vor der Wintergartentür die Stiefel aus. In die Badewanne ließ sie heißes Wasser ein und stellte die Heizung an.
Während das Wasser lief rief Lara bei der Polizei an, um zu erfahren ob sie irgendwas Neues wüssten über den Verbleib ihres Dad`s.
Leider konnte man Lara nichts positives sagen, nur das er weder in einem der Stuttgarter Krankenhäuser, noch in einem Leichenhaus liegen würde. Geschafft ließ sie sich in das warme Nass sinken. Entspannt, verschrumpelt, aber immer noch in Gedanken bei ihrem Dad stieg Lara, eine Stunde später aus der Badewanne.
Ein prüfender Blick auf das Telefon, aber niemand hatte angerufen. Sie deckte sich auf der Couch zu und wählte Melly`s Nummer.
„Ich hab mich schon gefragt, wann du dich endlich meldest und mir Bericht erstattest!" Begrüßte Melly sie aufgedreht. „Hallo erst mal!" Gab Lara im Rüdiger Hoffmann Style zurück.
Melly wollte natürlich alles wissen, doch gewisse Dinge ließ sie absichtlich aus, es war ihr irgendwie peinlich darüber zu sprechen.

Am Ende des Gesprächs hoffte Melly für ihre Freundin, dass Louis sie nicht nur ins Bett kriegen wollte, was Lara strikt verneinte.
Sie zappte von einem Sender zum anderen, aber alles langweilte Lara. Sie beschloss ins Bett zugehen. Mit offenen Augen lag sie im Bett und dachte darüber nach, was Melly gesagt hatte.
Warum hat er sich nicht mehr gemeldet heute?
Hatte Melly vielleicht Recht?
Mit diese Fragen im Kopf schlief sie ein.
„Fünf nach Sieben, hier auf Big Fm", tönte es laut aus dem Radio. Fast zur gleichen Zeit klingelte es plötzlich an der Tür. Laut bellend rannten die Hunde zur Tür. Lara verwies sie auf ihre Plätze, wo sie artig hin saßen, aber trotzdem aufmerksam schauten, wer da so früh am Morgen zu Besuch kam. Sie öffnete die Tür. Freute sich kurz Louis zu sehen, bis sie realisierte, dass er mit fünf seiner Kollegen vor der Tür stand. Der Mann neben Louis stellte sich und Louis vor. Sie hielten Lara ihre Dienstausweise vor die Nase und drückten ihr einen Durchsuchungsbeschluss in die Hand.
„Dürfen wir reinkommen?" Fragte Louis vorsichtig, aber als hätte er sie nie zuvor gesehen. Sie nickte und fügte hinzu, dass sie erst die Hunde in ihr Zimmer bringen musste.
Sie hatte gerade ihre Zimmertür geschlossen, da begann Louis Kollege Lara zu erklären was der Grund der Durchsuchung war.
„Vielleicht haben sie von der Frauen Leiche am Neckarstrand gehört. Wir haben Spuren gefunden die uns zu ihrem Vater führen. Wir müssen jetzt prüfen, in welchem Verhältnis ihr Vater zu dieser

Frau und der Tat steht", erklärte er ihr knapp und zeigte ihr ein Foto des Leichnams. Lara war total geschockt und wusste nicht was sie sagen sollte. „Ich kenne diese Frau nicht", sagte sie nur und gab Louis Kollegen das Bild zurück.
„Wo ist ihr Vater und wann haben sie ihn das letzte mal gesehen?" Fragte er erneut.
„Vor 3, nein jetzt 4 Tagen. Ich hab alle Krankenhäuser nach ihm abgeklappert und bei der Polizei nach gefragt, aber keine Spur von ihm", erzählte sie sorgenvoll. „Wird er etwa verdächtigt?" Fragte Lara ungläubig. „Bis jetzt überprüfen wir nur die Spuren. Mehr können wir im Moment noch nicht sagen. Falls ihr Vater auftaucht, sollten sie ihm nahe legen sich dringend bei uns zu melden", sagte Louis ernst und streckte ihr seine Visitenkarte entgegen. Zwei Stunde später war das Haus durchwühlt und die Herren Beamten abgezogen. Lara holte die Visitenkarte aus der Jackentasche und sah sie sich an. Kriminalhauptmeister Louis Bernárd, Mordkommission. Nachdenklich wählte sie Melly`s Nummer. Lara musste ihr erzählen, was gerade passiert war. Melly sagte nur immer wieder: "Unglaublich". Sie hatte gehofft das sie sich nach dem Gespräch mit ihrer Freundin besser fühlen würde, doch das war heute nicht der Fall. Spät am Abend, Lara war fast eingeschlafen, klingelte ihr Telefon. „Ja", meldete sie sich und hörte am anderen Ende ein schwaches: „Hallo, ich bin's". Sie war überrascht, aber freute sich Louis Stimme zu hören. Beide schwiegen. Lara wusste nicht was

sie sagen sollte. „Bist du noch da?" Fragte Louis nach einer gefühlten Ewigkeit. „Ja", gab sie zurück. „Ich muss gestehen, dass ich mich... glaub ich... in dich verliebt hab. Das Problem ist, dass ich aber nicht weiß, wie und ob das mit uns weiter gehen wird", sagte Louis ganz ernst.
Sie antwortete nicht. „Solange dieser Fall nicht geklärt ist, können wir uns nicht mehr sehen. Es tut mir leid, du musst das verstehen.
Pass auf dich auf Kleines", schloss Louis ab und legte auf ohne auf eine Antwort von ihr zu warten. Lara war jetzt wieder hell wach.
Hatte sie das eben geträumt? Warum war sie wie verstummt? Sie kniff sich in den Arm.
Au! Nicht geträumt. Tausend Fragen gingen ihr durch den Kopf. Hatte ihr Vater was mit dem Tod dieser Frau zu tun? Warum gab Louis den Fall nicht einfach ab? Hatte Louis sie doch nur verarscht? Wo war ihr Vater? Denken die ihr Dad hätte die Frau umgebracht? Um zwei Uhr Nachts beschloss sie aufzustehen. Sie zog sich an und ging sich einen Kaffee machen. Während der Kaffee durch lief, ging sie in das Zimmer von ihrem Dad. Rechts an der Wand hatte er sein Bett, auf das er besonders stolz war, weil es echt „Antik" war. Links war alles zu finden.
Gitarren, CD`s, Bücher, Ordner, Fotos und sonstige Erinnerungsstücke, die ihr Vater im Laufe seines Lebens zusammen getragen und gesammelt hatte. Mit zugekniffenen Augen kam Chili rein und sah ihr zu, was Frauchen da mitten in der Nacht machte. Normalerweise kam Lara nur hier rein um Staub zu saugen, oder ihm frische Wäsche hinzulegen. Normalerweise

würde sie auch nie in seine Schubladen schauen, aber heute war alles anders. Nichts war mehr normal. Lara öffnete die schwere Schublade am Schreibtisch. Blöcke, Stifte, Krimskrams und leere Zigarettenschachteln, hatte er da angesammelt. Da fiel ihr ein, wie sie sich als Kind in dem rechten großen Fach am Schreibtisch versteckt hatte.
Sie öffnete das rechte Fach und kniete sich auf den Boden. Mit den Fingern tastete sie den Rand der Rückwand ab. Mit dem Fingernagel fuhr sie in eine Rille an der Ecke und sie konnte die Holzplatte raus nehmen. Eine schwarze Mappe stand da. Zaghaft holte sie die Mappe raus und zog an dem Reißverschluss. Chili setzte sich neben sie streckte ihre Schnauze vor und schnüffelte an der Mappe, die Lara langsam öffnete. Sie stieß auf ein Protokoll des Landesgerichts Stuttgart, dass aus dem Jahr 78 war. Ihr Vater und vier weitere Männer wurden damals scheinbar verdächtigt eine Frau ermordet zuhaben, nachdem sie ihr angeblich Drogen gegeben hatten. Wegen Mangels an Beweisen wurden alle, bis auf einen den Lara nicht kannte, Freigesprochen. Hinter der Folie in der das Protokoll war, lag ein handgeschriebener Brief. Leise vor sich her sprechend versuchte sie den Brief zu entziffern.

Da staunst du, was!
Hättest wohl gedacht, dass du nie wieder von mir hörst? Tja, mein Alter falsch gedacht! Habt ihr wirklich geglaubt,

das ich für euch alle den Sündenbock spiele?

Seit einem Jahr bin ich nicht mehr im Knast, wenn euch das überhaupt juckt. Besucht hat mich ja keiner von euch.

Es geht mir phantastisch, ich hab einen richtig Guten Fang gemacht!

Mit meiner Frau sitze ich hier an der Costa Brava, lasse mir die Sonne auf den Pelz brennen und überlege mir,

wie ich mich an euch rächen kann.

Den wie war das? Man begegnet sich immer zweimal im Leben.

Ich freu mich drauf! Ihr auch?

Hatte dieser Jemand und der Brief etwas mit dem Mord und dem verschwinden von Laras Vater zu tun? Ganz hinten in der Mappe steckte ein Foto das 7 Personen zeigte. Einer davon war ihr Vater, die anderen kamen ihr unbekannt vor. Hinten auf dem Foto stand nur: „März 78". Sie steckte die Mappe zurück in ihr Versteck und machte die Holzplatte davor. Das Foto legte Lara auf den Schreibtisch. Sie holte mehrere alte Fotoalben raus um nachzusehen, ob sie die Personen die auf dem Foto waren, in Dad`s Alben finden würde. Eineinhalb Stunden wälzte sie die

Fotoalben, dass die Gesichter begannen zu verschwimmen, aber nun war sie ein wenig schlauer. Von drei Personen kannte sie nun die Namen und wusste, wo sie mindestens einen davon finden konnte. Die Rottweiler der Gräfin sahen Lara und Chili nach und schienen sich zu fragen, was sie mitten in der Nacht vor hatte.
Sie zog ihre Jacke und Turnschuhe an.
Holte den Autoschlüssel und legte ihrer Hündin das Halsband an. Leise schloss sie hinter sich die Haustür. Sie war keine zwanzig Meter vom Haus weg gefahren, als Lara merkte, dass hinter ihr ein Auto fuhr. Ihr Haus war das letzte einer Anliegerstraße. Es war also fast unmöglich, dass um diese Zeit, aus Richtung Feld ein Auto kam. Sie fuhr links aus ihrer Straße, wie das Auto hinter ihr. Lara blinkte rechts und hielt am Straßenrand an und tat so, als würde sie an der Beifahrerseite etwas suchen. Dem Fahrer des Wagens der ihr folgte blieb nichts anderes übrig, als an ihr vorbei zufahren. Sie sah aus dem Augenwinkel wie das Auto rechts abbog und aus ihrer Sicht verschwand. Lara hatte noch ein Ass im Ärmel. Das pure Adrenalin fuhr ihr durch den Körper und machte sie ganz kribbelig.
Sie fuhr eilig zurück drückte auf einen Toröffner, den sie in der Seitenablage liegen hatte.
Ein großes Garagentor öffnete sich in das sie schnell, ohne Licht rein fuhr. Schnell stellte sie den Motor ab, während hinter ihr bereits das Tor wieder zu ging. Auf Zehenspitzen ging sie vor um durch die schmalen Schlitze im Tor zu linsen. Tatsächlich bog der Wagen, der sie eben noch verfolgt hatte, wieder in ihre Straße.

Das Auto fuhr hoch und wieder runter.
Ein paar Meter weiter von ihrer Garage weg hielt der Wagen. Sie sah den Beifahrer aussteigen, der sich nach allen Seiten um sah und sich offensichtlich wunderte, dass Lara wie vom Erdboden verschluckt war. Er nahm sein Handy ans Ohr.
Sie vermutete das er Bescheid gab, dass sie ihnen entwischt war. Warum mach ich das hier eigentlich fragte Lara sich, während sie wartete das ihrer Verfolger endlich verschwanden.
Über eine halbe Stunde harrten sie noch aus, bis sie endlich aufgaben. Vorsichtig ging Lara in den hinteren Teil der Garage und suchte den Ersatzschlüssel für den Golf ihres Dad`s, der in dieser Garage geparkt war. Versehentlich stieß sie zwei Farbdosen um, was einen tierischen Krach machte. Pscht! Sagte sie sich selber und dachte sich im gleichen Moment und wenn schon das hat bestimmt niemand gehört. Hinter einem Schraubenschlüssel fand sie endlich den gesuchten Autoschlüssel.
Chili wusste gleich was Sache ist und sprang in den Wagen, nachdem Lara die Tür geöffnet hatte. Wie gewohnt nahm Chili auf dem Beifahrersitz Platz. Lara schickte sie jedoch sofort vom Beifahrersitz runter, was ihrer Hündin gar nicht passte. Ruhig, wie einem kleinen Kind erklärte sie Chili, dass es sofort auffallen würden, wenn sie auf dem Beifahrersitz saß. Du weißt doch die verfolgen uns, sagte sie und knuffte Chilis Wange. Sie wollte gerade den Schlüssel umdrehen, als sie plötzlich draußen den Lichtschein eines heranfahrenden Autos erkannte.

Schnell stieg sie wieder aus, um durch den Schlitz zu sehen wer kam. Das darf doch nicht wahr sein. Was macht er den um diese Uhrzeit hier? Lara erkannte Louis Auto, der zu ihrem Haus fuhr, ausstieg und klingelte. Weiß der den nicht wie spät es ist? Fragte sie Chili, als sie zurück ins Auto stieg.
Warum kommt er überhaupt nach seinem Anruf vorhin? Pech! Aber das heißt, wir müssen noch warten, ergänzte sie irgendwie verärgert. Chili nahm das sofort als Aufforderung, wieder auf den Beifahrersitz zu kommen. Lara kraulte sie hinter den Ohren, dass Chili genüsslich knurrte.
Zehn Minuten dauerte es bis Louis auf gab und davon fuhr. So, jetzt aber! Geh mal bitte runter, forderte sie Chili auf, die den schon angewärmten Platz nur ungern räumte.
Laras Blutdruck stieg, als sie das Garagentor öffnete und den Motor anließ. Es war weit und breit kein Auto zu sehen. Kurz kam sie ins grübeln, ob der Golf überhaupt noch TÜV hatte. Mach dich jetzt bloß nicht verrückt, sagte sie sich selbst. Sie fuhr quer durch Stuttgart und wurde ihr klar, wie bescheuert diese Aktion eigentlich war. Es war mitten in der Nacht. Alle schlafen, niemand würde ihr jetzt die Tür aufmachen. Sie fuhr heim und hoffte inständig, dass die Bewacher nicht wieder vor ihrem Haus standen. Die Anliegerstraße war leer.
Lara parkte den Golf in der Garage. Sie wollte gerade wieder in ihr Auto einsteigen, um es vor ihre Garage am Haus zu fahren, als sie erneut draußen einen Lichtschein vernahm.

Die Schnüffler sind zurück, sagte sie grinsend zu Chili Die Garage hatte einen Hinterausgang, von hier aus konnte Lara unerkannt bis zu ihrem Haus kommen. Was sie allerdings nicht bedacht hatte, dass sie von hinten nicht in ihr Haus kam, weil sie wie üblich wenn niemand da die Wintergartentür schloss, also musste sie zwangsläufig zur Haustür rein.
In Gedanken bereitete Lara sich schon darauf vor, so unschuldig und unwissend wie möglich zu wirken. Sie stand vor der Haustür zog ihren Schlüssel raus und bemerkte, dass an der Tür eine weiße Callas Blüte lag. Sie bückte sich um sie aufzuheben und sah hinter sich zwei Schatten näher kommen. „Frau Merten?" Fragte eine komisch klingende Männerstimme hinter ihr.
„Ja Bitte?" Gab Lara gelassen zurück und drehte sich um, um die Schatten genauer zu betrachten.
"Was machen sie hier, um diese Uhrzeit?" Fragte der Kleiner der Beiden, der an nervösen Zuckungen am Auge zu leiden schien. „ Erstens wer sind sie? Zweitens wohne ich hier und Drittens war ich mit meinem Hund draußen und viertens, wissen sie eigentlich wie spät es ist?", antwortete Lara ungewohnt arrogant.
„Verzeihen sie Bitte! Ludofski und Naumeier. Wir sind von der Kripo, entschuldigen sie bitte die Störung!" Sagte der Größere der beiden Beamten, fast schon unterwürfig. Lara konnte sich kaum das Lachen verkneifen.
„Wiedersehen", sangen die beiden Beamten im Chor und gingen zurück zu ihrem Beobachtungsposten, ohne sich zu trauen eine weitere Fragen zu stellen. Lara war heil froh,

als sie hinter sich die Tür geschlossen hatte.
Sie ging in die Küche, um ein Glas mit Wasser für die Blume zu holen, die sie neben ihren Laptop auf den Schreibtisch stellte.
Mittlerweile war es halb sechs. Nach einem kleinen Frühstück, machte sie sich an die tägliche Stallarbeit.
Vom Stall aus konnte Lara sehen, dass sie weiter beobachtet wurde, davon ließ sie sich aber nicht aus der Ruhe bringen. Um halb neun wollte sie das Haus verlassen, als ihr einfiel, dass sie ihr Auto ja in der unteren Garage geparkt hatte. Ihre Beobachter waren ziemlich überrascht, als Lara mit ihrem Auto aus der Garage kam.
Sie fuhr zum Hundeübungsplatz. Ein Kollege von Lara, Sebi, auch Hundetrainer, stand auf dem Parkplatz vor dem Vereinsheim und winkte ihr zu. "Hey Lara! Das du noch die Zeit findest her zu kommen, nach dem was bei dir gerade alles los", begrüßte Sebi sie. "Wie meinst das bitte?" Hackte sie nach. "Naja, ich hab gehört sie Verdächtigen deinen Dad die Frau umgebracht zu haben, die sie am Neckarstrand gefunden haben", erwiderte er. "Dann weißt du mehr als ich", versuchte Lara abzuwiegeln. "Die Bullen war`n doch bei dir zuhause und haben alles durchsucht.... hab ich gehört...", ergänzte Sebi. "So so, hast du gehört? Dann hör mir mal jetzt gut zu! Das geht dich einen Scheißdreck an, also halt dich aus meinem Leben raus! Geh und verbreite deine Gerüchte wo anders!" Pfiff Lara ihn an, holte die Rottweiler aus dem Kofferraum und ging ohne sich um zudrehen und Sebi noch eines Blickes zu würdigen,

auf die Übungswiese. Nach einer guten Stunde brachte sie die Hunde zurück ins Auto.
Sie beschloss noch kurz einen Kaffee im Vereinsheim zu trinken, hoffte aber inständig, nicht wieder mit dummen Fragen belästigt zu werden. Lara setzte sich an die Theke und bestellte bei Herta einen Kaffee.
Herta war das Herz, die Seele und die beste Tageszeitung des Vereinsheims. Stolze 76 Jahre alt und nie um einen kessen Spruch verlegen. Herta hatte für jeden ein offenes Ohr, oder eine Geschichte auf Lager. „Na Lara Kind, warum so still heute?" Fragte Herta besorgt, als sie Lara den Kaffee brachte, obwohl sie ja schon genau wusste was bei Lara los war. "Ach Herta, seit ein paar Tagen ist mein Dad wie vom Erdboden verschluckt und meldet sich nicht. Gestern früh steht auf einmal die Polizei mit einem Durchsuchungsbefehl bei mir vor der Tür und hat das halbe Haus durch wühlt. Dann lerne ich jemanden kennen.... ach... egal Herta,
was quatsch ich dich mit meinem Mist zu. Sag du lieber mal wie es dir geht?" Lenkte Lara ab. „Kann nicht klagen! Du üblichen kleinen Wehwehchen, bin ja schließlich nicht mehr in deinem Alter", antwortete Herta mit einem Augenzwinkern. Lara spürte wie ihr Handy in der Jackentasche vibrierte. „Tschuldige kurz", sagte sie und zeigte auf ihr Handy. Leider war es nicht, wie sie insgeheim gehofft hatte Louis. Der Graf entschuldigte zwei oder dreimal, dass er sich jetzt erst meldete und teilte ihr mit, das der Rüde Gianni und die Hündin Coco heißen sollten. Weiter fügte er hinzu, dass seine werte

Gattin unbedingt bei der Namensgebung mit bestimmen wollte, obwohl sie eigentlich kein Interesse an den Tieren hatte. „Kommen sie voran?" Fragte er noch. Lara erzählte was sie bisher mit den Hunden gemacht hatte und das es ganz gut klappt.

„Ich wollte ihnen vorschlagen, wenn sie etwas Zeit hätten, dann kommen sie doch mal mit auf den Hundeübungsplatz", bot sie dem Graf an, der dieses Angebot offensichtlich äußerst gern annahm und sich für den nächsten Morgen mit ihr verabredete. Eilig trank sie den Kaffee leer und verabschiedete sich mit einer Umarmung und einem Kuss auf die weiche Wange von Herta.

Zuhause angekommen, parkte Lara den Wagen, sprang ins Haus und zog sich um.
Schnappte ihren Geldbeutel, Autoschlüssel und Chilis Leine. Chili durfte nun wieder wie gewohnt auf dem Beifahrersitz sitzen und drückte zufrieden die Schnauze ans Fenster, dass Streifen darauf zurück blieben. Laras Ziel war ein altes Haus in Heslach, dass regelrecht raus stach, weil es nicht wie die anderen Häuser drum rum, modernisiert war. Sie parkte am Straßenrand und wies ihre Hündin an, auf das Auto auf zu passen solange sie weg war. Lara ging durch eine grüne Holztür, dessen Lack sich von der Tür schälte. Dahinter lag ein Gang der sie in den Hinterhof führte. Schnell fand sie die Treppe die sie zu Wolfgangs Wohnung hinab steigen musste. Wolfgang war ein alter Freund ihres Vaters. Auch Wolfgang spielte damals in der Band.

Lara stieg die abgenutzte Treppe hinunter und stand nun vor seiner Tür. Zaghaft klopfte sie. Nichts. Innerlich zählte sie auf dreißig und klopfte noch mal, aber etwas energischer.
Sie ging mit dem Ohr an die Tür, aber sie hörte keinen Mucks.

Keiner da. Sie drehte sich um und wollte die Treppe gerade wieder hoch gehen, als sie aus dem Augenwinkel sah, wie sich die Tür ein Spalt öffnete. Sie ging zurück und sah direkt in das Auge, dass durch den schmalen Spalt linste.
„Ja?" Fragte es skeptisch hinter der Tür.
„Hallo Wolfgang! Ich bin's Lara. Freddys Tochter" Gab sie zurück. Die Tür öffnete sich und er bat sie einzutreten. „Da sieht man mal wieder! Aus Kindern werden Leute! Du bist ja richtig erwachsen geworden! Es scheint mir ewig her zu sein, seit ich dich das letzte mal gesehen habe. Willst du einen Kaffee? Komm!" Sagte er und ging in den Raum am Ende des Gangs.
Lara kam sich vor, wie in einem winzigen, vollgestopften Museum. Die Wände waren von oben bis unten mit Fotos, Zeitungsausschnitten und Postern aus den vergangenen 40 Jahren beklebt. Sie folgte Wolfgang. „Setzt dich, wenn du Platz findest!" Sagte er schmunzelnd.
Sie stapelte die Dutzenden Notenbücher die auf dem Stuhl lagen, auf einen anderen Haufen um. Zu ihrer rechten hatte Jimi Hendrix sie im Auge, der in Übergröße von der Wand auf sie hinab sah.
Sie sah sich um und betrachtete Wolfgang, der sich immer wieder seine Kinnlangen grauen Haar aus dem Gesicht strich, um etwas sehen zu

können. Geschickt und schneller als in einem Café, bereitete er Lara und sich zwei Tassen Kaffee zu, stellte sie auf den Tisch und setzte sich neben Lara. „Wie komm ich zu der Ehre, dass du mich besuchst?" Fragte Wolfgang sie mit einem komischem Unterton.
Sie erzählte ihm von der Wandlung ihres Vaters, seinem plötzlichen Verschwinden und der Polizei. Aufmerksam hörte er ihr zu. Hin und wieder gab er ein „mh" oder "aha" von sich.
„Ich hab Freddy das letzte mal Freitag vor zwei Wochen gesehen. Wir haben hier eine kleine Session gemacht, so wie in alten Zeiten.
Mir ist nichts ungewöhnliches an ihm aufgefallen", berichtete Wolfgang nachdem Lara alles los geworden war. Doch sie hatte das Gefühl das Wolfgang ihr irgendwas verschwieg, darum Fragte sie ganz direkt nach: „Was ist damals passiert mit der Frau? Ich weiß, dass ihr damals angeklagt wurdet und einer aus eurer Band in den Knast musste?" Wolfgang verschluckte sich fast an dem Schluck Kaffee, den er genommen hatte. „Was hat Freddy dir erzählt?" Fragte er, nach dem er sich mehrmals geräuspert hatte. „Ich hab das selbst raus gefunden. Mir erzählt ja keiner was", gab Lara vorwurfsvoll zurück. „Was hast du erwartet? Das wir mit so einer Geschichte hausieren gehen?" Erwiderte Wolfgang aufbrausend.
Nun konnte sie sich auch nicht mehr beherrschen und es platze alles aus Lara raus.
"Seit ich klein war habt ihr mir eingetrichtert, dass wir eine Familie sind. Keine Geheimnisse

voreinander haben. Offen und ehrlich mit den Problemen umgehen und sich helfen.
Was ist aus euren Grundsätzen geworden?" Sagte Lara wütend. „Die Dinge verändern sich nun mal", sagte Wolfgang trocken. „Das ist alles? Die Dinge verändern sich nun mal? Ich bin kein Kind mehr mit dem man nicht Klartext reden kann", ergänzte sie wütend.
„Warum kommst du damit zu mir? Sprich doch mal mit deiner Stiefmutter! Oder deinem Vater", schloss er ab. Mit Fragezeichen in den Augen und Wut roten Wangen sah Lara ihn an.
„Ach Mensch Mädel, eigentlich ist es doch nicht meine Aufgabe, dich über die Vergangenheit aufzuklären", versuchte er ihr auszuweichen.
„Ja dann eben nicht", sagte Lara trotzig und stand auf. „Warte! Setzt dich wieder hin!" Forderte Wolfgang sie auf. „Kurz vor dem Jahreswechsel 78 haben wir unseren lang ersehnten Plattenvertrag bekommen. Hier in der Region hatten wir ja schon einen gewissen Bekanntheitsgrad und eine kleine Fangemeinde. Dieser Deal eröffnete uns Möglichkeiten, wo von wir bis dahin nur geträumt hatten. Auf einmal spielten wir in Hallen, wo mehr als 2000 Menschen rein passten. Wir waren nicht mehr die Vorgruppe, sondern die Headliner. Anfangs war das super. Wir waren in ganz Deutschland und im nahen Ausland gebucht. Wir hatten sogar Fernsehauftritte und Radioauftritte, aber immer häufiger gab es Streit. Entweder ging`s ums Geld, um Mädels und irgendwann begannen wir sogar uns um die Musik zu streiten. Damals war das auch noch

anders mit den Groupies. Die heutigen Rockstars sind immer umringt von Security-Leuten, abgeschirmt und abgesichert wie Fort Knox. Das war bei uns nicht so, wenn das Konzert aus war saß der Backstagebereich schon voll mit heißen Mädels.

Zwei Mädels trafen wir immer wieder, sie reisten uns hinter her und suchten vor allem Kontakt zu Freddy und Bill, unserem Bassisten. Die Zwei waren total verrückt nach den Jungs. Bill kam aus einer reichen Familie, die es nicht im geringsten verstand und gut hieß was er da mit uns machte. Obwohl wir mittlerweile so einige Erfolge vorzuweisen hatten. Nach den Auftritten nagte diese fehlende Anerkennung an ihm und er pumpte sich mit allem voll was greifbar war, oder irgendwer ihm besorgte. Spätestens eine Stunde nach den Konzerten war Bill dermaßen voll gedröhnt, dass er kaum noch Kontrolle über seinen Körper hatte, von seinem Verstand gar nicht zu sprechen. Wir haben alle so ziemlich jede Droge ausprobiert die es damals so gab. Nur mit dem Unterschied, dass wir uns nicht täglich so besinnungslos abgeschossen haben wie er. Was in dieser bestimmten Nacht passiert ist, weiß ich bis heute nicht genau. Ich weiß nur noch, dass wir nach der After Show Party zu Bill ins Hotel gegangen sind, wir wollten unser "Heimspiel" gebührend feiern. Dort haben wir noch 3, 4, vielleicht auch 5 getrunken.

Die anderen und ich sind gegen eins mit einem Taxi nach hause gefahren. Bill, Freddy und zwei die Mädels sind im Hotel geblieben. Zehn Uhr am nächsten Morgen klingelte es wie verrückt

an meiner Tür. Die Bullen. Sie durchsuchten meine Wohnung und schleppten uns mit aufs Revier. Keiner von denen sagte uns was passiert war. Die haben uns behandelt, wie wenn wir das letzte Pack gewesen wären.
Durch unseren Anwalt erfuhren wir, nachdem die uns 3 Stunden in einer Einzelzelle schmoren ließen, dass Tom, Volker und ich zur Beihilfe eines Mordes verdächtigt wurden. Dein Dad und Bill sollten wegen Mord angeklagt werden. Tom, Volker, dein Dad und ich wurden nach zwei Wochen unter strengen Auflagen, aus der Untersuchungshaft entlassen. Nur Bill ließen sie nicht raus. Angeklagt wurden wir alle, aber sie konnten nur Bill Spuren nachweisen, deswegen wurden wir auch Freigesprochen. Bill musste in den Knast, lebenslänglich. Es half auch nichts, dass der teure Anwalt, der sich von seinem Honorar nach der Verhandlung einen neuen Porsche leisten konnte, auf Totschlag plädierte. Unsere Karriere war damit gestorben, keiner wollte uns mehr hören, sehen, oder eine Platte kaufen. Jeder von uns versucht, mit dem Geld, was uns geblieben war, sich ein neues Leben auf zu bauen. Wir haben dieses Kapitel unseres Lebens alle verdrängt. Tot geschwiegen, nichts mehr davon wissen wollen." Lara hörte Wolfgang gebannt zu. „Jetzt kennst du die Geschichte. Keiner von uns ist stolz darauf und ich denke das ist auch der Grund, warum dein Vater dir nie davon erzählt hat", sagte er abschließend. Als es auf einmal an Wolfgangs Tür klingelte war Lara zurück im hier und jetzt.

„Mein Termin kommt. Lara-Kind es tut mir wirklich leid, aber ich hab keine Zeit mehr, wenn du willst können wir einfach ein anderes mal weiter reden", warf Wolfgang sie elegant raus.
Sie ging zurück zu ihrem Auto und hatte gleich eine Idee, wo sie als nächstes hin wollte und fuhr zur Stuttgarter Zeitung. Eine alte Schulfreundin die sie schon seit der Grundschule kannte, Svenja, arbeitete dort. Lara stand schon vor dem Gebäude der Stuttgarter Zeitung, als sie Svenja anrief um sie zu überreden, sie in das Archiv der Zeitung zu lassen. Nach einigem Bitten willigte sie ein und führte Lara ins Archiv und zeigte ihr wo der Computer stand. „Lösch bitte nichts! Und falls dich jemand fragen sollte was du hier machst, sagst du das du meine Praktikantin bist und für mich einen alten Artikel raus suchen musst. Ich hab jetzt gleich mein Redaktionsmeeting. Falls wir uns nachher nicht mehr sehen sollten, ruf mich mal an! Wir sollten mal wieder was trinken gehen!" Sagte Svenja eilig, drückte Lara kurz und verschwand.
Es dauerte nicht lang und Lara hatte den ersten Artikel über den Mord gefunden, doch darin stand weniger, als sie bereits wusste.
Auf dem Bild erkannte Lara gleich ihren Vater und Wolfgang. Von Bill gab es auch ein Bild auf der Anklagebank im Gerichtssaal.
Er kam ihr auf einmal total bekannt vor, nur wusste sie da noch nicht woher ihr das Gesicht so bekannt vor kam. Zwei der Artikel druckte sie ich aus und ging zurück zu ihrem Auto, wo ihre Hündin Schwanz wedelnd auf

Frauchens Rückkehr wartete. Lara wollte gerade ihr Auto anlassen, als ihr Handy klingelte. Es war Melly die sich mit ihr für heute Abend verabreden wollte.
Lara hatte wirklich keine Lust heute auszugehen, ließ sie sich Zähne knirschend von ihrer Freundin überreden. „Gell du holst mich um acht ab?" Fragte Melly kleinlaut nach. „Bleibt mir ja wie immer nichts anderes übrig", gab Lara schmunzelnd zurück. „So! Jetzt fahren wir aber endlich heim", sagte sie zu Chili und steckte ihr Handy zurück in die Jackentasche. Nach ihrer üblichen Arbeit Zuhause war sie zwar noch erledigter, aber sie musste sich fertig machen, um ihre Melly abzuholen. Schlafen hätte sie sowieso nicht können. „So meine Liebe jetzt geht's loooos, jetzt geht's loooos!" Trällerte Melly ihr aufgekratzt zu. "Auf, auf zu Stuttgarts bester Karaokebar", sang sie fröhlich weiter. "Wenn du meinst, dass du es brauchst und dich unbedingt zum Affen machen willst, dann tu dir keinen Zwang an", erwiderte Lara lustlos. „Wieso ich? Wenn dann singen wir Beide!" Sang ihre Freundin fröhlich im Rhythmus weiter. Lara verdrehte die Augen und wünschte sich jetzt schon im Erdboden versinken zu können.
„Das wird lustig! Du musst raus aus deinem Trott. Mal das alles vergessen! Das ist genau die richtige Ablenkung", versuchte Melly ihre sture Freundin von ihrer grandiosen Idee zu überzeugen. Widerwillig ließ Lara sich in die Karaokebar ziehen. „Wir trinken was und irgendwann werden wir aufgerufen. Ich hab uns schon vorab auf der Liste eintragen lassen",

sagte Melly fröhlich und platzierte ihre Freundin an einem Tisch in der nähe der Bühne.

Mit zwei Caipirinhas in der Hand kam sie zurück und setzte sich zu Lara an den Tisch.
Ein Mann etwa Anfang 30, betrat die Bühne. Überschwänglich begrüßte er das Publikum und kündigte die ersten Möchte-Gern-Sänger an. „Wenn das so weiter geht, bluten mir bald die Ohren", gab Lara angenervt ihren Senf dazu, als eine Gruppe betrunkener Jungesellinen Wolfgang Perty`s Klassiker „Wahnsinn" in das Mikrofon grölten. „Nach den Beiden bist du dran", hatte Melly bei dem Moderator in Erfahrung gebracht. Du musst dem Grinse-Fuzzi nur noch sagen was du singen willst", fügte sie hinzu und stupste Lara an sie möge aufstehen. Zögerlich ging sie zu dem Dauer grinsenden Moderator und flüsterte ihm ins Ohr welchen Song sie singen wollte. Lara packte das Lampenfieber. Die Ersten Töne einer Gitarre drangen aus den Boxen.

I stood by the exit door in the hotel cafe, he was playin` with his band.
I`ve been a sucker, had a weakness for a boy with a guitar and drink in his hand.
His words were like heaven in my hurricane.
My knees buckeld under.
I though everyone was watching me.
Watching you save my life with a song.
You were mine in the back of my mind.
Oh.. just for one nigth. Just for a while.
There`s always one that gets away.

*The one that sneaks up on you,
then slips away.
Two weeks later I was sittin`in his
appartment. He was making cappuccino.
I said what kind of man makes cappuccino?
We laughed, we laughed, we laughed,
we laughed. Till tears run down my face.
But my man you`re someone else`s man,
and that ain`t the man that I wanna want.
But you keep drawin` me in with those big
brown lyin`eyes. But you`ll always be mine
in the back of my mind. O... we had a night.
Just a little while. There`s always one that
gets away. The one that sneaks up on you
than slips away. In a clossed off corner of
my heart I`ll always see you`re face.
The one that got away. I`m not a victim of
cliches. I don`t believe in soulmates.
Happy ending`s or the one. Oh, but than
I met you and all that changed. I had a taste,
and you are still sitting on the tip of my
tongue. You were mine, some where in time.
I`ll look for you first, in my next life.
The one that got away, the one that got
away.* *(Übersetzung im Anhang)*

Das Publikum hing gebannt an Laras Lippen.
Sie applaudierten und pfiffen laut nach dem der
letzte Ton verstummt war. Es war ein
ungewohntes, aber gutes Gefühl. Sie ging von der

Bühne, schaute Richtung Ausgang und entdeckte plötzlich Louis.
Ohne Melly, oder die anderen Leute die ihr auf die Schulter klopften zu beachten, versuchte sie sich den Weg zum Ausgang zu bannen.
Doch bis sie dort an kam, war er verschwunden. Sie rannte nach draußen. Sah sich links und rechts um. Nichts. Hab ich jetzt schon Halluzinationen? Fragte Lara sich.
Plötzlich stand Melly hinter ihr und fragte sie besorgt, ob es ihr gut ging. „Äh, ja alles ok. Ich dachte nur, dass ich jemand gesehen hab den ich kenne", gerade als sie das gesagt hatte, fuhr ein Auto an ihnen vorbei dessen Fahrer sie sofort erkannte. Es war Louis, der sie genauso direkt ansah, wie sie ihn. „Aha! War er das, oder?" Fragte Melly neugierig grinsend.
Sie kannte ja ihre Freundin, die immer noch wie gebannt dem Wagen nachsah, dessen Rücklichter in der Dunkelheit verschwanden.
„Hallo! Jemand da?" Fragte sie Lara erneut energischer „Was is?" Gab sie abwesend zurück. „Ach, vergiss es! Ich weiß schon Bescheid", grinste Melly und zog ihr Freundin wieder ins Warme. Lara versuchte so zu tun, als sei nichts, aber Melly durchschaute das. Sie löcherte ihre Freundin und brachte ihren Unmut zum Ausdruck über Louis. Zum Glück musste Melly jetzt auf die Bühne, dachte Lara. Melly gab ihr Bestes und mit ein klein bisschen Phantasie und Alkohol im Blut, hätte man fast glauben können,
dass Marianne Rosenberg höchstpersönlich vor einem steht und „Er gehört zu mir" singt.

Sie genoss den frenetischen Applaus und schritt wie eine Diva, die Treppen der Bühne herab. „Ha, wenn nicht eine von uns beiden gewinnt, dann fress ich `n Besen!" Triumphierte Melly stolz. Die Freundinnen nippten an ihrem Caipirinha und beobachteten die nächsten auf der Bühne. Warum haut er einfach ab? Ja ich hab ganz bewusst diesen Song von Pink ausgesucht, konnte doch aber nicht ahnen, dass Louis da sein würde, fuhr es Lara durch den Kopf. „Er hätte dich wenigstens begrüßen können", kommentierte Melly plötzlich ungefragt.
Ein anderes Thema bitte", gab Lara aggressiv zurück. „Is` doch gut! Ich kann nichts, dafür das dein Neuer so doof ist", bemerkte Melly beleidigt. Kurz nach Mitternacht war es dann endlich soweit. Der Dauer grinsende Moderator verkündete nun fröhlich trällernd, die drei Bestplatzierten. Ein blonder Milchgesichtiger Typ im Anzug, der ganz passabel „Über sieben Brücken" gesungen hatte, war dritt Platzierter und bekam ein Getränkegutschein über 10 Euro. Melly wurde Zweite und bekam einen Getränkegutschein über 20 Euro. Plus zwei eklige Küsse des Dauer Grinsers.
Zu Laras Überraschung wurde sie Erste und bekam, wie kann es anders sein, einen Getränkegutschein. Nach dieser Siegerehrung drängte Lara Melly nach Hause zugehen, doch Melly flirtete intensiv mit dem Begleiter des Milchgesichts. „Geh du ruhig heim. Ich hol mir ein Taxi, oder so", flüsterte Melly ihr zu und zeigte mit den Augen auf das Objekt ihrer Begierde.

Schmunzelnd verabschiedete Lara sich von ihrer Freundin, wünschte ihr viel Spaß, das sie auf sich aufpassen sollte und Zwinkerte ihr zu. Zuhause zog sie sich die Schuhe aus und ließ sie einfach im Weg stehen. Ein prüfender Blick in den immer noch verlassenen Wintergarten. Ihre Klamotten schmiss Lara über den Stuhl, putze die Zähne und kroch in ihr Bett. Sie wälzte sich von der einen, auf die andere Seite. Schlief ein, wachte aber Stündlich auf und sah zur Uhr die ihr jedes mal sagte, dass die Nacht immer noch nicht rum war. Um fünf war es Lara dann zu blöd und sie stand auf. Irgendwie hoffte sie, dass sie alles nur geträumt hatte. Doch der Wintergarten war zu ihrer Enttäuschung immer noch leer. Punkt neun war sie auf dem Hundeübungsplatz. Gerade als sie den Kofferraum öffnete, um die Hunde raus zu holen, fuhr der Graf auf den Parkplatz.
Freundlich begrüßte er Lara und die Rottweiler. Der Anblick war für sie sehr ungewohnt. Bisher kannte sie den Graf nur in feinem Zwirn, nun trug er Jeans und Wanderstiefel. Sie drückte dem Grafen die Leine von Gianni in die Hand. Sie erklärte ihm, dass sie als erstes Grundübungen wie bei Fuß laufen, Komm, Platz und Sitz üben wollte. Der Graf war anfangs unsicher, was Gianni genau auszunutzen wusste, doch schneller als sie gedacht hatte, gab der Graf klare und kurze Anweisungen.
Eineinhalb Stunden verflogen geradezu. Anschließend bei einem Kaffee im Vereinsheim

besprach Lara mit ihm, wie es weiter gehen sollte.
„Wollen sie jemanden einstellen, der sich um die Hunde kümmert, oder werden sie das selbst übernehmen?" Fragte sie den Graf interessiert.
„Schwierige Sache im Moment. Wäre es den eventuell möglich, dass die Beiden erst mal noch eine bei ihnen bleiben können? Ich bezahle natürlich auch dafür", fragte er mit gesenktem Kopf. „Die Hunde können noch bleiben, aber um so länger die Beiden bei mir sind, um so mehr gewöhnen sie sich dran und wird es ihnen schwerer fallen, sich dann wieder bei ihnen ein zu leben", gab Lara zurück. „Ich denke sowieso, dass es ein großer Fehler war, die Tiere anzuschaffen. Heutzutage gibt es genug technische Mittel, um unser Anwesen schützen zulassen. Zumal meine Frau alles andere als begeistert ist, mit zwei Hunden unter einem Dach leben zu müssen", fügte der Graf unsympathisch, arrogant hinzu. „Was wollen sie mir damit sagen?" Hinterfragte Lara. „In den vergangenen Tagen sind Dinge geschehen, die ich nicht vorhergesehen habe und das muss ich erst regeln", versuchte er sich raus zu winden.
Lara ärgerte sich, versuchte aber sich nichts anmerken zu lassen. Als hätte sie momentan nicht selbst mit unvorhergesehen Dingen zu kämpfen, aber wegen des wirklich guten Verdienstes, den der Graf ihr anbot, stimmte sie zu die Hunde auf unbestimmte Zeit bei sich zu behalten.
„Ich würde einfach sagen, dass ich mich bei ihnen melde, wenn ich genauer weiß, wie es weiter

gehen wird", sagte der Graf und streckte ihr die Hand entgegen, um sich eilig zu verabschieden. Lara war es nicht unrecht, dass er er sich so schnell aus dem Staub machte. Sie wollte sowieso bei Susan, Laras Stiefmutter vorbei gehen.
Lara fuhr nach Stuttgart Kaltental, wo Susan in einem kleinem Einfamilienhaus wohnte und ein kleines Übersetzungsbüro betrieb. Nach der Scheidung von ihrem Vater ist der Kontakt weniger geworden, aber trotz allem gingen die Beiden sehr herzlich miteinander um, Susan war ja schließlich viel mehr ihre Mutter, als Laras Erzeugerin es je war. Man konnte spüren, dass zwischen "Stiefmutter" und "Stieftochter" eine tiefe Verbundenheit bestand. Susan wuselte geschäftig durch ihr Büro. Nebenbei fragte sie Lara aus, was der Job und die Liebe machten. Lara erzählte, dass sie jemanden kennengelernt hat und wollte gerade aber sagen, als Susan schon sagte: „Das ist doch toll! Lara Schätzchen, du musst mich wirklich entschuldigen, aber ich hab jetzt überhaupt keine Zeit. Lass uns doch ein anderes mal sprechen", und beförderte sie regelrecht zur Tür raus. Perplex setzte sie sich ins Auto, schnappte ihr Handy und rief Melly an. "Sie hat mich einfach so vor die Tür gesetzt. Gar nichts hab ich von ihr erfahren. Jetzt bin ich immer noch so schlau wie vorher. Aber Melly, lass uns doch heute Abend noch mal in die Karaokebar gehen!" Berichtete Lara ohne Punkt und Komma. „Wie die du willst schon wieder weg gehen? So kenn` ich dich ja gar nicht, sonst vergräbst du dich Zuhause", antwortete Melly fast schon entsetzt auf Laras Frage.

Natürlich wollte Melly ihre Freundin nicht alleine gehen lassen und wollte das Telefonat mit: „Also, gleiche Stelle gleiche Welle", abschließen, als sie noch eilig hinzufügte: „Dich interessiert anscheinend überhaupt nicht wie ich letzte Nacht nach hause gekommen bin, oder mit wem".
„Es tut mir leid, es ist `grad alles ein bisschen viel. Wie war`s den noch?" Fragte Lara übertrieben interessiert und grinste, weil ihr eigentlich schon klar war was jetzt kam, doch es kam ganz anders: „Das erzähle ich dir später, wenn du mich abholst", sagte Melly kurz und legte zu Laras Überraschung auf.
Lara war ungewohnt nervös und hibbelig. Nicht weil sie noch mal singen wollte, nein, natürlich weil sie insgeheim hoffte Louis erneut heute in der Bar zu treffen, oder war es gestern einfach nur purer Zufall, das er in der Karaokebar war? Als Melly in ihr Auto eingestiegen war erläuterte bis ins kleinste Detail, dass der Begleiter vom Milchgesicht sie heim gebracht hatte. Sie aber nach einem ekelhaften, fischigen Kuss entschied ihn nicht zu fragen, ob er noch auf einen Kaffee mit hoch kommen wolle.
„Gott sei dank, dass ich ihm nicht meine Nummer gegeben hab. Oh, hoffentlich ist er nicht auch wieder da", sagte Melly besorgt. Die Freundinnen waren froh, dass die vorderen Tische besetzt waren. Sie setzten sich in die Ecke, von wo aus die Beiden die ganze Bar überblicken konnten, aber selbst nicht sofort gesehen wurden.
Lara berichtete ihrer Freundin nun auch ausführlich, was Wolfgang ihr erzählt hatte.

Das sie bei Svenja in der Redaktion war und sie immer noch überlegt, woher ihr dieser Bill so bekannt vor kommt.
„Vielleicht war er mal bei deinem Dad, wo du kleiner warst. Sie waren doch in einer Band", sagte Melly nachdenklich. „Unmöglich, daran würde ich mich erinnern", erwiderte Lara und fügte hinzu, dass er ja im Gefängnis saß ab 1978.
Es war schon fast wieder Mitternacht.
Die Freundinnen hörten, wie der Dauer grinsenden Moderator sich schleimig flirtend, von einer Dame mittleren Alters verabschiedete, die ziemlich schräg „Like a Virgin" gesungen hatte. „So! Gestern noch unten im Publikum und heute auf unserer Showbühne! Bitte Applaus für unseren nächsten Kandidaten!" Rief der Dauer Grinser in sein Mikrofon und räumte die Bühne. Melly stupste Lara heftig in die Seite: „Is` das nicht dein Louis?" Lara sah zur Bühne und konnte es nicht fassen. Tatsächlich stand er da. „Schaun` wir mal, ob der so gut singt, wie er aussieht", sagte Melly mit gehässigem Unterton, verschränkte die Arme und setzte ein Dieter–Bohlen–Jury-Gesicht auf. Lara hatte nicht wirklich damit gerechnet, dass er heute auch noch einmal da sein würde, um so mehr freute sie sich ihn zu sehen, wenn auch nur aus der Ferne. Sie war sich aber nicht sicher, ob sie ihn wirklich singen hören wollte. Lara ahnte schon das nun die Revanche auf ihren Song gestern kommen würde, wenn ja dann hatte er verstanden was sie damit sagen wollte. Melly erkannte sofort nach den ersten Tönen, das es sich um ein Lied der Söhne Mannheims handelte. Sie sah Lara an

und sagte Nase rümpfend: "Ob er das hin kriegt? Du weißt, so gut wie der Xavier singt des keiner!"

Ich will zurück zu dir und ich geb` alles dafür. Ich will zurück zu dir, ich steh fast vor deiner Tür. Ich will zurück zu dir und dann lange nicht mehr weg. Ich brauche gar nichts, wenn am Ende ich ein wenig von dir hätt`.
Ich hab dir weh getan und das hab ich nicht gewollt. Hab mich schwer vertan,
hab ein falsches Ziel verfolgt.
Dich trifft keine, mich trifft alle Schuld, ich hab das alles wirklich nicht gewollt.
Ich will zurück zu dir und ich geb` alles dafür. Ich will zurück zu dir, ich steh fast vor deiner Tür. Ich will zurück zu dir und dann lange nicht mehr weg. Ich brauche gar nichts, wenn am Ende ich ein wenig von dir hätt`. Gib uns die letzte Chance, den wir hätten es verdient, wenn du dieses Lied bekommst und den Absender liest.
Hör noch einmal meine Worte an,
wenn ich noch einmal für dich singen kann.
Ich will zurück zu dir und ich geb` alles dafür. Ich will zurück zu dir, ich steh fast vor deiner Tür. Ich will zurück zu dir und dann lange nicht mehr weg. Ich brauche gar nichts, wenn am Ende ich ein wenig von dir hätt`.

Lara hatte von Kopf bis Fuß Gänsehaut.
Melly saß sprachlos, mit offenem Mund da und sah zur Bühne. „Wow, dass hätt ich jetzt echt nicht erwartet!" Sagte sie erstaunt und sah zu ihrer Freundin, die mindestens genau so sprachlos war wie sie. „Ach Süße! Das wird schon wieder!" Tröstete Melly Lara und legte den Arm um sie. „Lass uns bitte gehen", forderte Lara sie auf. Sie wollten sich raus schleichen, doch kurz vor dem Ausgang fing sie einer der Kellner ab. „Entschuldigen sie bitte! Ich soll ihnen das, von dem Herrn da drüben geben", sagte er, zeigte zu Louis Tisch und drückte Lara einen Zettel in die Hand. „Danke", sagte sie knapp und zog ihre Freundin raus. „Mach auf! Willst du nicht wissen, was er dir geschrieben hat?" Fragte Melly neugierig. Lara starrte den Zettel an, machte ihn aber nicht auf um ihn zu lesen. „Was ist wenn er sich von mir verabschiedet? Hast ja gesehen er war nicht alleine da", antwortete Lara patzig. „Boah, stellst du dich an! Na und? Andere Mütter haben auch schöne Söhne", pfiff Melly sie an.

Halb 6 im Höhenpark?
Louis

Melly stand hinter Lara und lugte ihr über die Schulter. „Viel schreibt er ja nicht", kommentierte sie ungefragt.
„Mir reicht das erst mal", seufzte Lara.

Die Freundinnen saßen noch lange vor Melly`s Wohnung im Auto.
Sie quatschten über Melly`s neuen Verehrer, über Laras heimliches Treffen mit Louis und über ihre Pläne, wie die Nachforschungen über ihren Dad weiter gehen sollten. „Ich frage mich was du dir davon versprichst, wenn du in der Vergangenheit deines Vaters rum schnüffelst", fragte Melly bedenklich. „Die Polizei wird, wenn er tatsächlich verdächtigt wird, alle Hebel in Bewegung setzten um ihn zu finden, außerdem werden die schon raus finden werd diese Frau ermordet hat. Mittlerweile kommt keiner mehr mit Mord davon", fügte sie besorgt hinzu.
„Mag sein, aber die wissen nicht, was ich weiß", gab Lara geheimnisvoll zurück. „ Ich versteh nur Bahnhof", sah Melly Lara fragend an. „Ich hab dir doch erzählt, dass mich dieser Bill an irgend wen erinnert. Jetzt auf dem Weg hier her ist mir klar geworden, dass es kein Zufall ist", sagte Lara und machte eine Pause. „Menschenskinder jetzt mach es doch nicht so spannend! Hier hört uns keiner!" Zappelte Melly ungeduldig auf dem Sitz hin und her.„Warum kommt der Graf ausgerechnet zu mir, mit seinem Hunde Problem? Denk doch mal nach! Vielleicht, weil er Bill ist!" Sagte sie leise. „Ach Lara du spinnst!"
Lachte Melly. „Ich war natürlich auch nicht gerade untätig und hab mich mal ein bisschen schlau gemacht. Dieser Bill ist 86 aus dem Knast gekommen und direkt nach Spanien ausgewandert. Die Spanischen Behörden haben Mitte der 90er wohl mal wegen Heiratsschwindel gegen ihn ermittelt, aber die Anklage wurde

fallen gelassen, weil seine Frau aussagte, sie wollte ihm nur eins rein würgen", berichtete Melly.
„Ja siehst du!" Fühlte Lara sich bestätigt. "Fällt dir nix auf? Den Brief den ich gefunden habe, der ist von 1986 und derjenige schrieb, dass er an der Costa Brava sitzt. Und mal ehrlich, wenn du sowieso schon in eine reiche Familie rein geboren wirst, hast du selbst wenn du im Knast warst, immer noch gewisse Kontakte und Geld zur Verfügung. Die haben doch alle Leichen im Keller", kam Lara vom Thema ab.
Die Freundinnen diskutierten noch eine Weile über den Graf und Laras Vater. Im Endeffekt zweifelte Lara nun daran, dass der Graf Bill war. Melly hingegen hielt es nun für immer wahrscheinlicher, dass der Graf Bill war und seine Rache an Laras Dad plante. Mit dem Glockenschlag, um Punkt 4 verabschiedeten sich die Freundinnen voneinander und verabredeten sich zum Frühstück, um ihr weiteres Vorgehen zu besprechen.
Zuhause zog Lara nur andere Schuhe an. Die Zeit schien stehen geblieben zu sein. Sie versuchte mit Fernsehen die Zeit zu überbrücken, doch außer Dauerwerbesendungen, Wiederholungen, oder irgendwelcher schlechten Dokus, gab es nichts um diese Uhrzeit.
Viel zu früh saß Lara mit Chili in ihrem Auto und fuhr zum Killesberg. Sie parkte extra weit unten am Perkins Park, wo das Personal geschäftig die Reste der letzten Party weg räumte, um endlich Feierabend zu haben.

Aufmerksam lief die Hündin neben ihrem Frauchen, die sich nervös umsah.

Lara kannte einen Schleichweg, den sie öfters mit Melly genutzt hatte, als sie noch Teenes waren, um unbemerkt bei so manchem Konzert an der Freilichtbühne zu lauschen. Der Höhenpark war groß. Wo sollte sie Louis den jetzt treffen? Aber Lara konnte sich voll und ganz auf ihre Hündin verlassen, die offensichtlich eine Spur aufgenommen hatte. Eine gefühlte Ewigkeit lief sie Chili im Zick Zack Schritt hinterher, die sie zu einem Gebüsch führte, wo sie interessiert an etwas schnüffelte, dass da lag. "Iiiiiih, eine tote Maus", dachte Lara, zuckte zusammen und bekam Gänsehaut. Tote Tiere konnte sie einfach nicht sehen. „Hallo!" Hörte sie plötzlich hinter sich und fuhr erneut vor Schreck zusammen. Ein bisschen verschlafen sah er aus. Einander fest im Arm haltend standen sie da, ohne ein Wort zu sagen. Für diesen kurzen Moment, vergaßen sie alles um sich herum.
Wie bei einem Sonntagnachmittagsspaziergang, schlenderten Louis mit Lara im Arm durch den im Morgengrauen liegenden Park. „Ich hab dich vermisst, aber...", sie unterbrach Louis und küsste ihn. Sie wollte in diesem Moment keine Erklärungen hören, sie war einfach nur froh ihn bei sich zu haben. „Lara, es tut mir wirklich leid! Als ich dich vorgestern in der Karaokebar singen hörte, war mir klar, wie sehr ich dich vor den Kopf gestoßen habe.... ich bin so hin und her gerissen, zwischen dir und diesem dämlichen Fall", er machte eine Pause, blieb vor Lara stehen

und strich ihr behutsam über die Wange. „Du wirst sehen, alles wird gut werden", sagte er betont optimistisch.
„Willst du mir damit sagen, dass mein Vater nichts mit dem Mord zu tun hat?" Fragte sie vorsichtig nach. „Ich darf dir dazu nichts sagen, aber es wäre wirklich gut, wenn wir endlich mit deinem Vater sprechen könnte, aber er ist und bleibt wie vom Erdboden verschluckt. Zeugen haben in besagter Nacht ein Auto mit zwei Männern gesehen. Der eine hatte lange Haare und blieb im Auto sitzen. Der Andere ist zum Kofferraum gegangen und mehr konnten die Zeugen nicht sagen, aber vermutlich hat der andere, die Leiche der Frau aus dem Kofferraum geholt und versucht sie im Neckar zu versenken. Oh Man, ich hab dir viel zu viel erzählt", sagte er, nahm Lara an der Hand und lief weiter. „Mist! Schon kurz nach sieben! Ich muss aufs Revier, aber verrate mir doch bitte noch eins: Wo warst du in der Nacht, als ich bei dir war. Meine Kollegen sagten du hättest dich praktisch in Luft aufgelöst?" Bemerkte Louis fast beiläufig. „Wird das jetzt ein Verhör Herr Kommissar?" Wich sie seiner Frage aus.
Er bohrte auch nicht weiter, sondern versuchte die kurze Zeit mit seiner Lara zu genießen. Die Verabschiedung fiel beiden nicht leicht, vor allem weil keiner von beiden wusste, wann sie sich das nächste mal sehen würden. „Ich ruf dich an! Pass bitte auf dich auf Kleines!" Verabschiedete er sich bedrückt. Lara wollte darauf antworten, bekam aber kein Wort raus. Traurig sah sie Louis nach.

Daheim kann ich mich ablenken dachte sie und machte sich dort an die tägliche Stallarbeit, aber Lara musste ständig an Louis, ihren Dad und all das denken. Halb 10 kam sie bei Melly an. Der Tisch war bereits gedeckt. Es duftete herrlich nach Kaffee und frischen Brötchen. Nun durfte Lara sich anhören, dass sie ständig zu Spät kam und es Laras Leben verdammt gut tun würde, pünktlicher zu sein. „Fertig Mama?" Fragte sie ihre Freundin genervt nach dieser Moralpredigt. Sichtbar ein geschnappt setzte Melly sich ihr gegenüber. Schenkte Kaffee ein und schmierte sich schmollend ein Brötchen. „Jetzt sei nicht beleidigt mit mir! Ich hab's doch nicht böse gemeint! Es nervt halt, wenn du jedes mal darauf rum reitest, wie unpünktlich und vergesslich ich halt manchmal bin und mein Gott es war doch nur eine halbe Stunde. Du bist doch schlimmeres von mir gewohnt", gab Lara entschuldigend zu. Melly`s Ärger über Laras zu spät kommen verflog im Nu, weil die Freundinnen Pläne schmiedeten, wie ihre Nachforschungen weiter gehen sollten. Den die Frage war immer noch, wo ist ihr Dad und ist der Graf Bill? Lara hatte bei ihrem Besuch bei dem Grafenpaar mit bekommen, dass die Gräfin Montag und Donnerstag Vormittag nicht in ihrer Villa war. Das war die perfekte Gelegenheit, um dem Grafen einen Besuch ab zustatten. Nach dem Frühstück machten sich die beiden auf und fuhren zur Villa des Grafenpaares. Lara drückte auf den Knopf an der Sprechanlage vor dem großen Tor.

Dies mal dauerte es etwas, bis das Tor sich öffnete und sie zur Villa vor fahren konnte. Der Butler stand an der Tür und empfing die Beiden freundlich:
„Guten Tag! Sie möchten zu dem Graf? Er ist in seinem Arbeitszimmer. Wenn ich voraus gehen darf!?" Die Freundinnen liefen ein paar Meter hinter dem Butler und Lara flüsterte Melly zu: „Genau da müssen wir hin!" Der Butler öffnete die Tür zum Arbeitszimmer, kündigte dem Graf an das Besuch da wäre und ließ die beiden jungen Frauen nach einem kurzen Moment eintreten. Der Graf saß hinter seinem Schreibtisch vor einem Stapel Papiere.
„Frau Merten! Sie habe ich gar nicht erwartet. Wir waren doch nicht verabredet, oder? Was kann ich für sie tun?" Fragte er überrascht, stand auf und gab jeder die Hand. „Das ist Frau Cavallo. Sie ist Expertin für gefälschte Dokumente. Sie würde sich gern die Papiere der Hunde ansehen", stellte Lara Melly vor, die sich das Lachen verkneifen musste.
Mit komischer Mine bejahte der Graf, dass er die Papiere zurück bekommen habe und Laras Begleitung sie sich ruhig anschauen könnte. Der Graf reichte Melly, die vor dem Schreibtisch in einem bequemen, schwarzen Ledersessel Platz genommen hatte, die Dokumente rüber. Sie holte aus der Tasche ihre Brille, setzte sie auf die Nase und studierte, möglichst professionell wirkend, Zeile für Zeile. Plötzlich sagte sie: „Entschuldigen sie bitte, aber ich müsste mal auf die Toilette".

Wie der Zufall es wollte, reagierte der Butler nicht auf die Rufe des Grafen, somit ging der Graf mit Melly um ihr den Weg zu weisen.
Lara war unsicher und hatte Angst das sie erwischt werden würde.
Tatsächlich hörte sie Schritte näher kommen und war froh das sie noch nicht aufgestanden war.
Sie tat so, als würde sie auch die Impfpässe begutachten. „Frau Merten, ich bin gleich zurück", sagte der Graf der zur Tür rein sah.
Sie nickte und konnte ihr Glück kaum fassen, dass der Graf erneut das Zimmer verließ.
Sie konnte deutlich hören, wie die Schritte im Flur sich immer weiter von dem Arbeitszimmer entfernten. Sie stand vorsichtig auf und ging um den Schreibtisch herum. Während Lara die schwere Schublade langsam, leise öffnete, bemerkte sie das unter der Schublade etwas befestigt war. Das war vermutlich auch der Grund, warum sie so schwer aufging. Es fühlte sich wie ein Umschlag an. Lara zog daran.
Mit einem Ruck hatte sie einen weißen Umschlag in der Hand. Scheiße! Was mach ich jetzt damit, überlegte sie panisch, den sie hörte wie sich die Schritte wieder näherten. Schnell schob sie die Schublade zu und ging zurück zu dem Stuhl.
Eilig steckte sie den Umschlag in den Hosenbund und hoffte, dass man nichts durch die Jacke sehen konnte. Sie saß keine zwei Sekunden, als Melly zurück ins Arbeitszimmer kam und sich neben ihre Freundin setzte. Lara nickte, als Zeichen das sie was gefunden hatte. Melly stand auf der Leitung und sah sie entgeistert an. Lara wollte gerade flüsternd ihrer Freundin sagen, dass sie

einen Umschlag gefunden hatte, als der Graf gerade durch die Tür kam. „Entschuldigen sie! Ein wichtiges Telefonat! Was halten sie von den Papieren? Frau Carpallo", fragte der Graf vornehm.
„Cavallo", korrigierte Melly ihn, dass Lara sich auf die Zunge beißen musste, um nicht laut los zu lachen. Sie erklärte dem Graf, dass sie so mit bloßem Auge nichts ungewöhnliches erkennen könne. „Die Polizei müsste es der KTU* gegeben haben. Ich kann auch nicht erkennen, dass an diesen Dokumenten was untersucht worden wäre. Wissen sie die Hundemafia arbeitet mit Tierärzten zusammen, also ist das Dokument für den Hund zwar gefälscht, aber an sich ja doch echt",
fügte Melly professionell hinzu. Der Graf wurde komisch und sagte, dass er nicht wüsste was und wie die Polizei seine Dokumente untersucht hat. „Sie entschuldigen mich jetzt Bitte. Ich habe gleich einen Termin", sagte der Graf immer noch mit merkwürdigen Schwingungen in der Stimme und bat seinen Butler die Freundinnen zur Tür zubringen. Melly und Lara waren froh und wollten nur schnell weg hier. Es dauerte eine gefühlte Ewigkeit bis das Tor sich öffnete.
„Ich dachte schon die lassen uns nicht raus", sagte Lara erleichtert. Nach dem sie außer Sichtweite der Villa waren hielt Lara den Wagen an und zog den Umschlag raus und schmiss ihn Melly auf den Schoß. Vorsichtig, als wäre eine Bombe drin öffnete sie den Umschlag.
Lara konnte sehen das Melly einen Stapel Papiere raus zog. „Und?" Fragte sie neugierig.

„Warte doch mal!" Gab Melly gelassen zurück.
„Das glaub ich ja nicht!" Lara sah Melly an:
„Sag schon, was glaubst du nicht?" Bohrte Lara.
„Kompliziert. Warte doch! Ich werd` da noch nicht ganz schlau daraus.
Lass uns erst mal zu mir fahren, dann können wir das in Ruhe durch sehen", wiegelte Melly ab.
Auf dem Küchentisch breitete sie die Papiere aus, während Melly ihren Laptop holte. „Ich versteh das nicht, dass ist eine Geburtsurkunde, Heiratsurkunde, Adoptionsurkunde. Die Gräfin hat das Kind ihrer Schwester adoptiert. Warum? Was ist mit ihrer Schwester?"
Fragte Lara eigentlich sich selbst und kratzte sich am Kinn. „Mir hat mal einer einen Trick gezeigt.... und wenn alles klappt, kann ich dir gleich sagen, was mit der Schwester der Gräfin ist", antwortete ihre Freundin voller Tatendrang.
Mit flinken Fingern, klapperte Melly auf der Tastatur. „Da! Ich hab's!" Triumphierte sie und weihte Lara ein, dass sie sich so eben beim zuständigen Jugendamt eingehakt hatte.
„Schau dir das an. Die Gräfin hat damals mehrfach versucht, ihrer Schwester das Sorgerecht entziehen zulassen. Ohne Erfolg.
Wie kann sie dieses Kind dann adoptieren?"
Sah Melly Lara fragend an. „Da muss doch irgendwo stehen mit welcher Begründung sie ihr das Sorgerecht entziehen lassen wollte", merkte Lara an. "Hier! Drogen, Verletzung der Fürsorgepflicht.... und ach was, hör dir das an! Auf Grund der Tatsache das die Mutter von Lenny am 26.Oktober 1978 verstorben ist,

wird der Tante des Jungen mit sofortiger Wirkung das Sorgerecht zu gesprochen", las Melly hastig vor. "Das gibt`s doch nicht. Warte mir kommt da eine Idee", und Lara wählte Svenja`s Nummer.

Gespannt wie ein Flitzebogen wartete Melly, bis Lara das Gespräch beendet hatte.
„Pass auf! Die Schwester der Gräfin, ist die Frau, die Bill damals angeblich ermordet hat. Sie soll wohl schon länger Drogenabhängig gewesen sein, dass war auch der Grund warum die Gräfin versucht hat das Sorgerecht für das Kind zu bekommen", berichtete Lara ihrer Freundin. „Das war dann aber äußerst praktisch für die Gräfin, dass sie ihre Schwester ermordet wurde", kommentierte Melly. „Warte! Der Knüller kommt ja erst noch! Mein Vater hat damals ausgesagt, dass er gegen 3 Uhr eingeschlafen sei. Zu dem Zeitpunkt waren die beiden Frauen noch da. Der Nachtportier sagte aus, dass die beiden Frauen, die nach dem Konzert mit der Band ins Hotel kamen, um kurz vor 5 Uhr Morgens, lebend das Hotel verlassen haben. Die eine der beiden Frauen konnte sich, laut Aussage des Portiers, kaum noch auf den Beinen halten und wurde von der anderen gestützt. Der Staatsanwalt glaubte dem Portier nicht, weil Gäste aus dem Hotel berichtet hatten, dass sie öfters beobachtet haben das der Portier hinter seinem Tresen ein genickt war.
Der Staatsanwalt nahm ihn so ins Kreuzverhör, dass er zum Schluss selbst daran glaubte nur geträumt zu haben und überhaupt nicht mehr

wusste was er in jener Nacht tatsächlich gesehen hatte", erzählte Lara aufgeregt. „Dann hat dieser Bill die Frau wahrscheinlich gar nicht umgebracht und saß unschuldig im Knast?" Stellte Melly entsetzt fest. „Aber was hat das alles mit meinem Vater zu tun?"
Fragte Lara nachdenklich. „Wenn ich es geschafft habe mich beim Jugendamt einzuhaken, dann kriege ich das bestimmt auch bei der Gerichtsmedizin hin", sagte Melly optimistisch und begann erneut auf der Tastatur zu tippen. „Bingo! Hoffentlich find` ich das übers Datum", zweifelte Melly. Kurze Zeit später hatten die beiden Freundinnen den Autopsiebericht auf dem Bildschirm. Lara schrieb sich eilig das Aktenzeichen und den Namen der Frau auf. Auf jeden Fall wussten die Beiden nun, dass die Frau erschlagen und anschließend im Neckar versenkt wurde. "Wenn das kein Zufall ist", bemerkte Melly, als plötzlich ein merkwürdiges piepsen aus den Lautsprechern des Laptops drang. „Scheiße! Ich muss sofort daraus", wurde Melly hektisch und erklärte Lara nebenbei, dass wohl bemerkt wurde das sich jemand in das System der Gerichtsmedizin ein gehakt hatte. „Gott sei dank hab ich dieses Super Programm, was mich warnt, bevor wir entdeckt werden", sang sie Laras Freundin erleichtert. „Denkst du, du kommst auch in den Polizeicomputer?" Hakte Lara vorsichtig nach. „Im Prinzip schon, aber Lara das ist mir zu riskant! Ich glaub da brauchen wir Hilfe", gab Melly zu. Sie stand auf, holte ihr Telefon und tippte eilig auf der Tastatur.

„Hi Tom! Hier is` Melly! Duuu? Ich bräuchte da mal ganz dringend deine Hilfe", hauchte sie in den Hörer. Erwartungsvoll saß Lara da und lauschte schmunzelnd ihrer Freundin.
„Ja, er kann uns helfen, aber ich soll zu ihm kommen.
Oh Mann, da hab ich mir wieder was eingebrockt", seufzte Melly nachdem sie das Gespräch beendet hatte. „Wieso? Steht er auf dich?" Fragte Lara grinsend. „Ja und du kannst dir nicht vorstellen, wie eklig der Typ is`. Auf seinen Regalen und Schränken liegt so dick Staub drauf, dass man nicht mehr erkennen kann, was für eine Farbe das Regal mal hatte.
Dann stinkt es erbärmlich nach Katzenklo und waschen ist glaub ich für ihn auch ein Fremdwort, aber was Computer und den Kram angeht hat er`s voll drauf! Außerdem ist er eigentlich echt lustig", erklärte Melly ihrer Freundin angewidert, Nase rümpfend.
"Soll ich mit kommen?" Fragte Lara. „Hallo? Natürlich kommst du mit! Was `n das für `ne Frage? Wegen wem mach ich das den alles hier?" Antwortete Melly patzig. „Ist ja gut! Immer locker bleiben!" Schmunzelte Lara.
Eine Viertelstunde später standen die Beiden in Tom`s Wohnung. Melly hatte nicht im geringsten übertrieben, dachte Lara. Im Gegenteil sie hätte fast gekotzt so eklig stank es in seiner Wohnung. Tom begrüßte die beiden mit strähnigen Haaren und in einer ausgelutschten, bestimmt 20 Jahre alte, ausgewaschene, schlabbrige, graue Jogginghose und bat die Beiden, sich am Esstisch zusetzen. Lara lehnte dankend ab und zog es vor,

lieber zu stehen. Innerhalb von ein paar Minuten hatte es Tom geschafft sich in den Polizeicomputer einzuhaken. „So drin sind wir. Bitteschön! Jetzt seid ihr dran", sagte Tom und räumte den Stuhl.

Lara und Melly entschieden erst nach der Akte der Toten Frau zu suchen, die vor ein paar Tagen am Neckarstrand gefunden wurde. Eilig gab Melly das Datum ein. „Lara hier!" Rief Melly aufgeregt, obwohl sie direkt hinter ihr stand. In Windeseile überflogen die beiden Freundinnen das Protokoll. Im gleichen Augenblick sagten die sie: „Das gibt's doch nicht". Plötzlich wurde der Bildschirm schwarz. „Tom!" Quietschte Melly laut, dass es Lara in den Ohren pfiff. Mit einer miefigen Duftwolke hinter sich her ziehend, kam er eilig um zusehen, was passiert war. „Sorry Mädels! Die Bullen haben ein Spezialprogramm gegen Hacker, was wir nur für ein paar Minuten umgehen konnten. Ich hoff ihr habt gefunden, was ihr sucht!" Sagte Tom schleimig und sah Melly verliebt an, die die Augen verdrehte und offensichtlich nur schnell von hier weg wollte. Auf dem Weg zum Auto äffte Lara Tom nach: „Sorry Mädels!" Sagte sie und himmelte grinsend ihre Freundin an, die das überhaupt nicht lustig fand. "Hast du gelesen? Die tote Frau war bis vor einem Monat beim Grafenpaar, als Hausdame angestellt. Das ist doch kein Zufall mehr! Um was wetten wir, dass sie was raus gefunden hat das sie das Leben gekostet hat", bemerkte Lara um Melly von Tom abzulenken. „Ich krieg` diesen ekligen Geruch einfach nicht aus der Nase",

sagte Melly, rieb sich die Nase, machte das Seitenfenster auf und zündete sich eine Zigarette an. „Hörst du mir zu?" Hakte Lara nach.
„Ja, ich hör dich doch!
Es ist ech komisch. Leider haben wir nicht genug gesehen. Es waren neben deinem Dad noch zwei andere Namen aufgeführt, aber so schnell konnte ich nicht lesen, dann war der Bildschirm schon schwarz", gab Melly immer noch Nase rümpfend zurück. "Ich sollte jetzt heim nach den Hunden sehen, bring ich dich heim, oder kommst du mit?" Fragte Lara. „Machen wir's doch einfach so: ich komm heute Abend zu dir, wenn du dein Geschäft erledigt hast", gab Melly zurück.
Lara war so in Gedanken, nachdem sie ihre Freundin zuhause abgeliefert hatte, dass sie fast eine rote Ampel überfuhr. Als sie in den Rückspiegel sah bemerkte sie, dass ihr die Spitzel wieder auf den Fersen waren. Lara war froh das sie all die Papiere bei Melly gelassen hatte. Es war noch früh am Nachmittag.
Die Sonne schien, also ideal um einen Ausritt zu machen. Melly hätte sich mit Sicherheit kaputt gelacht über Lara und ihr Gefolge. Sie selbst ritt auf Lapis. Nougat hatte sie eine Voltigiergurt um den Bauch geschnallt, an dessen linke und rechte Seite sie die Rottweiler festgebunden waren. Chili passte auf das Nougat nicht ausbüxte. Mit der Meute im Schlepptau, ritt sie über die Wiesen, zu dem angrenzenden Wald. Sie beschloss vorsichtshalber durch das Gehölz zu reiten, um von vorn herein eventuell entgegenkommenden Joggern und Spaziergängern, aus dem Weg zu gehen.

Außerdem war es für alle ein gutes Muskeltraining, über Äste und Baumstämme zu laufen. "Das stärkt eure Muskulatur", sagte Lara und blickte zufrieden um sich.
In der Ferne sah sie die kleine Hütte. Eine gute Gelegenheit, um eine Pause zu machen.
Sie erinnerte sich daran, wie sie früher mit ihrem Opa hier her kam und stundenlang zusammen Beeren suchten. Wenn im Winter Schnee lag, machten sie mit ihren Langlaufskiern hier Rast. Laras Opa hatte immer heißen Tee, ein paar Brote und zum Nachtisch Schokolade dabei. Schöne Erinnerungen hatte sie an diesen Ort. Lara stieg von Lapis ab und band die beiden Pferde an das Geländer vor der Hütte.
Die Hunde legten sich hechelnd auf den mit Laub bedeckten Waldboden. Lara hatte vorgesorgt und stellte jedem Hund eine kleine Schüssel mit Wasser hin. Sie lief einmal um die Hütte. Ganz schön morsch und verrottet, dachte sie und linste an der Rückseite, durch einen Spalt in das Innere der Hütte. In dem Moment, als sie dachte was gesehen zu haben und noch ein Stück vor ging, rammte sie sich mehrere Dornen ins Bein, von einem Rosenbusch der sich seinen Weg nach oben bahnte. „Aua! Das Scheiß Ding hab ich gar nicht gesehen", grummelte Lara mit Schmerzverzerrter Mine. Nach der Kontrolle, ob noch Stacheln in ihrem Bein steckten, ging sie an die Vorderseite der Hütte. Die alte Holztür war genauso morsch, wie der Rest der Hütte. Mit etwas Geschick ließ sich die Tür öffnen. Vorsichtig, mit steigendem Blutdruck, schritt Lara vorsichtig in das Innere.

Eine Taschenlampe wäre jetzt gut gewesen, dachte sie. Alles machte den Anschein, als hätte hier vor nicht allzu langer Zeit jemand gehaust, oder zumindest hier geschlafen.
Sie drehte sich einmal um die eigene Achse und sah sich um. Ihr Blick viel in die Ecke, wo ein Schlaflager errichtet war, vielleicht hatte hier ein Obdachloser eine Zeit lang geschlafen. Sie drehte sich zur Tür und wollte raus gehen, als sie sich noch mal umdrehte und zu dem Bett sah.
Sie ging näher und sah entdeckte, dass unter dem Laken etwas raus guckte. Plötzlich hörte sie draußen ein lautes Knacken, fuhr erschrocken zusammen, sprang auf und sah nach, ob jemand kam. Puh, es war nur Lapis, der auf einen Ast getreten war. Erleichtert aber nervös ging sie zurück in die Hütte und holte zog das hervor, was sie unter dem Laken entdeckt hatte.
Ihr Gehirn fuhr Achterbahn. Schock, Freude, Verwunderung, Angst und Sorge waren die Gefühle, die sie regelrecht überrannten. Minutenlang stand sie da und starrte auf das Bild, dass sie vor gezogen hatte. Darauf waren ihr Vater, Susan und sie zusehen. Also war ganz klar das ihr Dad hier war, aber wo war er jetzt? Sollte sie hier bleiben und warten? Lara grübelte und war hin und her gerissen. Es begann allmählich zu dämmern und sie hatte nichts zu essen für die Tiere, oder sich dabei. So beschloss Lara doch, sich wieder auf den Heimweg zu machen. Das Bild steckte sie vorne in den Rucksack und schloss die morsche Tür hinter sich. Sie leerte die Schüsseln, verstaute sie ebenfalls im Rucksack. Sie band die Pferde los

und schwang sich auf Lapis. Auf dem Heimritt dachte sie darüber nach Später, mit Taschenlampe noch mal herzukommen.

Zuhause angekommen rieb Lara die Pferde mit Stroh ab, die dampfend in ihren Boxen standen und gierig ihr Futter vertilgten. Die Rottweiler und Chili saß an der Stalltür und spitze die Ohren. Sie hörte wie Chili zu knurren begann. Kurz darauf hörte sie Melly sagen: „Is doch gut! Du kennst mich doch! Lara!" Sie trat aus dem Pferdestall und sah ihre Freundin, mit hoch gerissenen Armen vor Chili und den Hunden der Gräfin stehen, die freudig, neugierig Laras angsterfüllte Freundin beschnupperte.

„Platz", sagte Lara ruhig. Melly hatte sich schnell wieder beruhigt und begann zu berichten, dass sie es noch einmal versucht hat sich in den Polizeicomputer zu haken und interessante Neuigkeiten hatte. „Der zweite Mann der von der Polizei verdächtigt wird ist.... und jetzt halt dich fest.... der Graf! Und deshalb war auch die Polizei bei ihm und nicht wegen angeblich gefälschter Papiere. Mir kam das sowieso komisch vor. Die Papiere sahen aus wie Neu. Außerdem hat er extrem komisch reagiert, als du sagtest ich sei Expertin für gefälschte Dokumente. Das ist doch kein Zufall mehr!", erzählte Melly übertrieben dramatisch. „Was ich trotzdem immer noch nicht versteh, was mein Dad damit zu tun hat?" Fragte Lara ratlos. „Ich hab da `ne Theorie. Vielleicht hat dein Vater irgendwo zufällig die Hausdame des Grafenpaares kennen gelernt, oder sie kannten sich schon. Sie wusste was, er wusste was, oder so und deshalb ist sie tot

und dein Dad verschwunden", mutmaßte Melly.
Lara nickte zustimmend.
Auf dem Weg zum Haus erzählte Lara ihrer Freundin, welche Entdeckung sie im Wald gemacht hatte und sie nachher vor hatte, mit Melly noch mal dort hin zu reiten. „Ich auf `nem Pferd, hat dein Louis dir total dein Hirn verdreht?" Empörte Melly sich lautstark, aber Lara ließ nicht locker und versprach mindestens zehnmal, dass ihr auf keinen Fall etwas zu stoßen würde. Mit ungutem Gefühl in der Magengrube, stimmte Melly widerwillig zu. „Hast du einen Schnaps, oder Sekt im Haus?" Fragte sie Lara, die gerade Taschenlampe und Ersatzbatterien suchte und in ihrem Rucksack verstaute. „Du weißt wir haben keinen Alkohol im Haus", gab sie ruhig zurück. Lara wusste genau das Melly der Arsch auf Grundeis ging, vor diesem nächtlichen Ausritt hatte. „Ich kann dir einen Salbeitee anbieten, der soll auch beruhigend sein", sagte Lara schmunzelnd.
„Ich hab so schon Hitzewallungen, da brauch ich nicht noch deinen doofen Salbeitee trinken", antwortete Melly motzig. „Ich mach geschwind das Futter für die Hunde fertig. Wir sollten aber mindestens noch eine halbe Stunde warten bis wir los gehen. Nicht das sich Chilis Magen verknotet", erklärte Lara ihrer Freundin, die das reinste Nervenbündel war. „Was auch immer. In Guten, wie in Schlechten Zeiten", sagte Melly ironisch. Draußen war es mittlerweile Stockdunkel. Nur schwach leuchtete die dünne Mondsichel. Lara sattelte die Pferde und wollte ihrer Melly auf Lapis helfen. „Ich will aber nicht

auf den Großen", sagte sie trotzig wie eine 5jährige. „Wenn du lieber nach zehn Metern im Graben sitzen willst, bitte!" Antwortete Lara und zeigte mit dem Arm zu Nougat, wohl wissend, dass Melly es dann doch vorzog auf Lapis zu sitzen, anstatt von Nougat abgeworfen zu werden und im Graben zu landen. Melly fühlte sich sichtlich unwohl, als sie endlich im Sattel saß. „Ich hab dir schon öfters angeboten das ich dir das reiten bei bringe, aber du hast dich ja immer davor gedrückt", sagte Lara trocken und musste sich das Grinsen verkneifen, damit sie ihre Freundin nicht noch mehr verärgerte. Je weiter sie vom Haus entfernt waren, ritten, um so sicherer wurde Melly und ihre Laune wurde auch besser. Lara dachte eigentlich das sie selbst im Dunkeln die Hütte lag wie im Schlaf finden würde, doch es war gar nicht so einfach.
„Sind wir endlich da?" Fragte Melly ihre Freundin ungeduldig, weil ihr allmählich der Hintern weh tat. Lara sah etwas entfernt die Konturen der Hütte näher kommen. An der Hütte angekommen stoppte sie Nougat, stieg ab und hielt Lapis fest damit ihre Freundin sicher absteigen konnte. Melly fühlte sich, als wäre sie den ganzen Tag auf einer Tonne gesessen und war ausgesprochen froh, dass sie niemand so sehen konnte. Lara holte die Taschenlampe aus dem Rucksack und schlang die Zügel der Pferde, einmal um das Geländer. Langsam gingen die Freundinnen auf die Hütte zu. Chili spürte die Anspannung die in der Luft lag und lief eng neben Laras Bein. Vorsichtig ging sie zur Tür und lugte durch einen Spalt. Nichts war zu sehen.

Langsam öffnete Lara die Tür und leuchtete mit der Taschenlampe rein.
„Wohl niemand da", sagte Melly laut, womit sie versuchte ihre eigene Angst zu überspielen und um die Situation aufzulockern. Lara war enttäuscht, versuchte aber es nicht zu zeigen. Sie hatte insgeheim gehofft ihren Dad hier und jetzt anzutreffen. Lange saßen sie schweigen vor der Hütte, doch von Minute zu Minute sank in Lara die Hoffnung das ihr Dad heute noch auftaucht. "Lara? Meine Zehen sind jetzt fast taub vor Kälte. Ich glaube nicht das dein Dad noch kommt. Könnten wir so langsam zurück reiten?" Durchbrach Melly das Schweigen im Walde. Ohne ein weiteres Wort machten sie sich auf den Heimweg. Plötzlich hörten sie ein lautes Knacken, dass alle zusammen zuckten, aber es konnte Nachts im Wald so ziemlich alles sein. Lara wollte Melly beruhigen, dass es bestimmt nur eine kleine Wildschweinfamilie war, doch bevor sie den Satz fertig sprechen konnte, machte Nougat vor lauter Schreck einen Satz und galoppierte aus dem Wald.
Lapis preschte hinterher, dass Melly mächtig durchgeschüttelt wurde und sich verzweifelt in der Mähne festkrallte. Vor dem Wald, auf der angrenzenden Wiese, hatte Lara Nougat endlich zum stehen gebracht. Melly stieg zitternd von Lapis ab und schwor Lara das sie nie wieder in ihrem Leben und ihrem nächsten Leben, auf ein Pferd sitzt. „Es tut mir leid, damit hatte ich nicht gerechnet! Aber uns geht's doch gut und es ist nichts passiert, außer das dein Kreislauf jetzt so

richtig in Schwung gekommen ist", versuchte Lara ihre Freundin zu besänftigen.

„Todesängste hab ich gerade ausgestanden!" Sagte Melly wild gestikulierend und dramatisch nach Luft schnappend. Entschuldigend legte Lara ihren Arm um ihre Freundin, die sich nur langsam wieder beruhigte. Sie sagten kein Wort, während Lara die Pferde in den Stall brachte und mit Futter versorgte. Zurück im Haus ließ Melly sich auf den Stuhl am Esstisch sinken.
Lara machte einen Kaffee. „Morgen früh will ich noch mal in die Akte schauen. Ich hab gesehen das als Anhang in der Datei auch Telefonlisten gespeichert sind. Bist du morgen früh auf dem Hundeplatz?" Fragte Melly fast vollständig regeneriert. „Ja, Mini Gruppe, ab halb 10", antwortete sie knapp. Lange saßen sie noch da und redeten über Gott und die Welt. Für diese kurze Zeit vergaßen sie all die Dinge, über die sie sich den Kopf zerbrachen.
Es war bereits nach 2 Uhr in der Nacht, als Melly sich ein Taxi bestellte. Lara putze die Zähne und kroch unter ihre Decke. Sie ließ ihr Radio an in der Hoffnung besser einschlafen zu können. Es klappte natürlich, weil sie total übermüdet war. Nach wenigen Minuten war sie weg.
Als der Wecker Lara aus dem Schlaf riss, fühlte sie sich wie wenn sie die ganze Nacht gesoffen hätte. Bruchstücke von ihrem beschissenen Traum liefen ihr wie ein Film durch den Kopf. Sie versuchte es zu verdrängen und machte sich an ihre Arbeit. Zwei Minuten zu Spät traf sie auf dem Hundeplatz ein.

Manche Besitzer waren leicht angesäuert und Lara ahnte schon böses.
Doch zu ihrer Überraschung verlief das Training ruhig und zu ihrer vollen Zufriedenheit.
Melly wartete schon ungeduldig an Laras Auto und begrüßte sie freudig. „Ich hab was Neues!" triumphierte Melly leise. „Zu mir, oder zu dir?" Fügte sie mit sexy Stimme hinzu. „Zu mir!" Hauchte Lara zurück. Melly fuhr mit ihrem Auto vor ihr. Lara legte sich extra entspannte Musik auf, um gelassen hinter ihrer Freundin her zu schleichen, die durch die Straßen kroch, wie ein Rentner mit gehäkelter Klorollenverzierung auf der Hutablage und Wackeldackel daneben.
Melly fuhr nur Auto, wenn es sein musste. Ansonsten war sie immer äußerst dankbar, wenn sie chauffiert wurde. „Es irritiert mich total das ich auf der Autobahn auch auf der linken Spur fahren kann", hatte Melly einmal gesagt, worüber Lara nur lachen konnte.
Sie liebte Auto fahren. Der Postbote der vor Laras Haus stand, wollte gerade die Päckchen schnappen und gehen, als er sie erkannte und die Kartons zurück auf den Boden knallen ließ. Genervt, gestresst und aufgesetzt freundlich begrüßte er sie und verlangte ihre Unterschrift, für den Empfang der beiden Päckchen.
Verwundert wer ihr ein Paket schickt und es waren ja sogar zwei, ging sie eilig ins Haus.
Melly folgte ihr neugierig in die Küche, wo Lara eine Schere suchte. Vorsichtig öffnete sie das erste Päckchen. Als sie hinein sah wusste sie gleich das es von Louis war, den sie erkannte

ihren rosa Spitzen BH, den sie bei ihm vergessen hatte.

Obwohl sie die Neugier fast zerriss was er ihr in dem beiliegenden Brief geschrieben hatte, schob sie den Karton auf die Seite und öffnete das andere Paket. Unter einem Haufen zerknülltem Zeitungspapier lag ein weißer Umschlag. Lara öffnete ihn und das Lieblingsfeuerzeug ihres Dad`s rutschte raus. Melly riss ihr den Umschlag aus der Hand und zog einen Brief raus.

Wenn du deinen Vater heil wiedersehen willst, solltest du aufhören deine Nase in Dinge zustecken, die dich nichts angehen! Du möchtest doch nicht das deinem Dad, dir, oder deinen Tieren etwas schreckliches zu stößt, oder!?

Las Melly laut vor. Lara nahm ihr den Brief weg, um es selbst zu lesen. Panisch zogen die Beiden alle Vorhänge zu. „Irgendwer hat Wind davon bekommen das wir nach deinem Dad suchen", sagte Lara atemlos und geschockt. „Bist du dir ganz sicher das man das nicht zurück verfolgen konnte, wer sich in den Polizeicomputer eingehakt hat?" Fügte Lara nachdenklich hinzu. Melly versicherte ihr glaubhaft, dass Tom ein absolutes Computergenie ist und er unmöglich einen Fehler gemacht haben kann. „Was ist,

wenn du heute früh einen Fehler gemacht hast?"
Fragte Lara vorsichtig.
„Denk mal nach du Dummie, dass Päckchen ist gestern, oder vorgestern aufgegeben worden, also lange bevor ich mich da eingehakt habe, außerdem würde das heißen, dass dir einer von der Polizei droht und Louis hat dir doch gesagt, dass sie nicht wissen wo dein Vater ist", erwiderte Melly. „Hast recht! Aber was ist mit dem Graf?" Warf Lara ein. Melly war auch ratlos. "Eigentlich sollten wir zur Polizei gehen! Lara, wer auch immer das war, bedroht dich!" Sagte Melly besorgt nach einigen Minuten des Schweigens. „Ich bin echt froh, dass mein Bruder im Moment bei mir wohnt.
Kommst du hier alleine zurecht? Ich mein, ich hab zwar nicht viel Platz, aber wenn du zu mir kommen willst, dann kannst du immer kommen!" Bot Melly Lara fürsorglich an.
„Ach was! Unkraut vergeht nicht! Außerdem hab ich hab doch die Hunde hier. Es wird schon nichts passieren", lehnte sie das Angebot ihrer Freundin ab, obwohl sie der Brief doch etwas aus der Bahn warf, was Lara aber nicht zu geben wollte. Den Rest des Nachmittags erledigte sie ihren Papierkram und sorgte im Haus für Ordnung. Noch vor zwanzig Uhr hatte sie die Stallarbeit erledigt, ging duschen und wollte sich gerade auf die Couch sinken lassen, als sie irgendwas verbranntes roch. Schnell ging sie in die Küche, um sich zu vergewissern, dass es dort nicht brannte. Sie stand in der Küche und sah sich um, aber hier roch nichts verbrannt. Sie ging zurück in das Wohnzimmer.

Ihr Blick fiel wie oft in letzter Zeit, seit ihr Dad weg war, in den verlassenen Wintergarten und auf seinen leeren Ohrensessel. Sie wollte sich gerade wieder setzen, als sie oben beim Pferdestall einen merkwürdigen Lichtschein erkannte. Eilig schlüpfte sie in die Turnschuh, riss die Wintergartentür auf und sah das es am Stall brannte. Sie schnappte ihr Handy und während sie hoch rannte, rief sie den Notruf. Das Dach des Stalls stand bereits in Flammen. Lara schaffte es gerade noch die Boxen von Lapis und Nougat zu öffnen, um die Pferde die panisch mit den Hufen scharrten, ins Freie zulassen. Mit einem lauten Krachen stürzte ein Teil des Daches ein. Mit dem Gartenschlauch bewaffnet, versuchte sie gegen die Flammen an zu kämpfen, bis nach einer gefühlten Ewigkeit endlich die Feuerwehr anrückte. Wie mechanisch beantwortete sie dem Einsatzleiter und einem Polizisten deren Fragen. Sie hörte wie die Beiden die Vermutung äußerten, dass es bestimmt Brandstiftung war. Geschockt, aber auch erleichtert das ihren Pferden nichts passiert war, lies Lara sich auf die Wiese sinken und beobachtete wie die Feuerwehrmänner versuchten den Brand zu löschen. Plötzlich spürte sie eine Hand auf ihrer Schulter. Verwirrt sah sie neben sich und war unglaublich froh in Louis Gesicht zu sehen, der neben ihr kniete. Lara umarmte ihn fest und konnte spürte wie ihr die Tränen aus den Augen kullerten. „Meine Kollegen werden schon raus finden wer das war", versuchte er sie zu beruhigen.

Lara versuchte einen klaren Gedanken zufassen und überlegte fieberhaft, wo sie Lapis und Nougat unterbringen konnte. Ohne ein Wort zu sagen, stand sie plötzlich auf und ging zum Haus. Durch ein Seitenfenster zur Straße konnte sie sehen das ein Fernsehteam vor der Polizeiabsperrung stand. Zitternd suchte Lara die Nummer von einem befreundeten Geschwisterpaar raus, die einen Reiterhof führten. Zu ihrem Glück hatten Anja und Nils einige Boxen frei und boten ihr an, die Pferde abzuholen. Nach einer weiteren dreiviertel Stunde war der Brand gelöscht. Von dem Stall waren nur noch verkohlte, noch rauchende Reste übrig. Kurz darauf kamen auch schon Anja und Nils. Lara kannte die Beiden seit der Kindheit. Nils Vater hatte ihr das Reiten beigebracht und seit dem Tod der Eltern vor einigen Jahren, führten die Zwei zusammen den Hof erfolgreich weiter. Lara war erleichtert ihre Pferde in guten Händen zu wissen und half dabei Lapis und Nougat in den Pferdehänger zu verladen. Louis stand vor dem Wintergarten, als sie zurück zum Haus kam. Ohne ein Wort zusagen, oder drüber nach zu denken, was seine Kollegen sagen, nahm er sie tröstend in seinen Arm.
„Bleibst du bitte hier?" Fragte sie leise.
„Klar bleib ich!" Sagte er, wie wenn es das Selbst verständlichste auf der Welt wäre.
Lara setzte sich auf die Couch, Louis deckte sie zu und ging in die Küche um einen Tee zu machen. Louis Kollegen schauten kurz zum Wintergarten rein und verabschiedeten sich.

Er schloss die Tür zum Wintergarten, zog seine Jacke aus und setzte sich neben Lara, die Löcher in die Luft starrte. Sie legte ihren Kopf auf seinen Schoß. Behutsam strich er ihr durch die Haare. Nach einer Weile sagte sie: „Ich glaub ich muss dir was zeigen", warf die Decke von sich, sprang auf und rannte in ihr Zimmer, um den Karton zu holen. Er grinste, als sie mit dem Päckchen um die Ecke kam und sagte gleich: „Ich konnte ja nicht ahnen, dass wir uns so schnell wieder sehen". Sie sah ihn an und begriff das er dachte, dass es sein Päckchen war.
Dabei fiel ihr ein das sie nicht mal seinen Brief gelesen hatte. „Das ist nicht das Paket von dir", sagte Lara und stellte den Karton auf seine Knie. Er schob das Zeitungspapier zur Seite und holte den Umschlag raus. Sah sich das Feuerzeug an und las den Brief. „Warum hast du mich nicht gleich angerufen? Und wo hast du deine Nase rein gesteckt?" Sah er Lara fragend an.
„Sagen wir mal so, ich hab einfach nur ein paar Kleinigkeiten aus der Vergangenheit meines Dad`s wissen wollen, die man mir Ewigkeiten verschwiegen hat", erklärte sie Louis, der nur Bahnhof verstand. Lara erzählte ihm, dass sie nach der Hausdurchsuchung erfahren hatte was damals passiert war und Bill, wegen Mord ins Gefängnis musste. „Ich hab mich nur bei einer Freundin, die bei der Zeitung arbeitet erkundigt was damals in der Presse stand", versuchte Lara möglichst unschuldig zu erläutern. „Und das ist alles? Sag mir bitte was du weißt!" Bat Louis sie vorsichtig, aber auch misstrauisch.

„Ich weiß nur das die Gräfin, die Schwester der Frau ist die von Bill damals angeblich ermordet hat. Aber der Portier hat damals ausgesagt, dass beide Frauen lebend das Hotel verlassen haben. Und wer hatte ein größeres Interesse, als die Gräfin, ihre Schwester los zu werden. Sie wollte doch unbedingt das Sorgerecht für ihren Neffen. Die Nächste Frage ist nun: Warum kommt das Grafenpaar ausgerechnet zu mir, um ihre Hunde, die sie offensichtlich gar nicht wollen, ausbilden zulassen?"
Erklärte Lara, dass sie nach Luft schnappen musste. Sie war erleichtert das bei ihm los geworden zu sein, auch wenn sie ein paar Einzelheiten, wie die Hütte im Wald, oder das unerlaubte einhaken in den Polizeicomputer ausließ. Arm in Arm schliefen sie auf dem Sofa ein, wo sie sich bis tief in die Nacht unterhalten hatten. Die Sonnenstrahlen erhellten das Wohnzimmer und kitzelten Lara an der Nase. Schlaftrunken rieb sie sich die Augen und realisierte, dass sie auf der Couch lag. Schlapp setzte sie sich auf und erschrak kurz, als sie Louis neben sich liegen sah. Erst jetzt wurde ihr wieder bewusst, was gestern Abend geschehen war und wunderte sich über sich selbst, dass sie trotz allem so gut geschlafen hatte. Es war erst kurz nach sechs, aber Lara war hell wach und ging leise ins Bad.
Bevor sie mit den Hunden raus ging, stellte sie den Kaffee auf und deckte den Tisch. Auf Zehenspitzen schlich sie mit den Hunden durch den Wintergarten.

Lara wollte sich den Stall, oder besser gesagt das ansehen was davon noch übrig war.
Die Hunde erschnüffelten interessiert die vielen neuen Gerüche. Fassungslos stand sie vor dem was mal der Stall war. Vom Dach waren nur noch die verkohlten Trägerbalken übrig. Zwischen Stall und Dach waren bis gestern Stroh und Heu gelagert, was dem Feuer wohl richtig Zunder gegeben hatte. Der Boden war aufgeweicht und zertrampelt von dem Löschwasser und den vielen Menschen.
Nachdenklich ging sie zurück zum Haus und wollte Louis wecken, aber als sie rein kam und zum Sofa sah, lag er da nicht mehr. Chili rannte zur Badezimmertür und Lara wusste nun wo er war. Sie ging in die Küche stellte Brot, Butter, Marmelade und den Kaffee auf den Tisch und zündete eine kleine Kerze an. Erfrischt und wohl riechend kam Louis in die Küche, küsste Lara zärtlich und setzte sich neben sie.
„Du warst am Stall?" Fragte er, obwohl er die Antwort schon kannte. „Wenn du das schon weißt, warum fragst du mich dann?" Gab Lara frech zurück. „Im Ernst Kleines! Ich möchte, dass du nachher mit mir kommst", sagte Louis ernst, aber ihrer Frage ausweichend. „Und die Hunde? Ich setzt mich doch nicht den ganzen Tag mit drei Hunden aufs Revier! Ich hab noch anderes zu tun. Außerdem was soll schon noch passieren? Die werden ja nicht am hellen Tag mein Haus abfackeln, oder mich umbringen.

Meine Hunde passen schon auf mich auf", sagte sie lächelnd, aber ihren Worten selbst nicht trauend und gab Chili, die ihren Kopf auf ihr Bein gelegt hatte, eine Scheibe Wurst.
„Lara ich mein das ernst! Ich glaube das derjenige, der den Brand gelegt hat, nicht zu Scherzen aufgelegt ist. So bald ich von der Arbeit weg kann, komm ich her! Oder, warum gehst du nicht ein bisschen zu deiner Freundin?" Sagte er ruhig, aber mit Besorgnis in der Stimme. Sie kniff die Lippen zusammen und antwortete nicht, obwohl sie ihm gern gesagt hätte,
dass sie sehr gut auf sich allein aufpassen kann. Andererseits schmeichelte es ihr sehr,
wie fürsorglich und besorgt Louis war. Es gab ihr Sicherheit, dass er sie beschützen wollte. Der Abschied fiel ihr leicht, weil sie wusste das sie ihn bald wieder sah. Sie schloss alle Fenster im Haus und schnallte allen Hunden das Halsband um. Keine 15 Minuten nach Louis verließ sie das Haus mit einem doch mulmigen Gefühl. Zuerst fuhr sie zum Reiterhof, um zu sehen wie es ihren Pferden ging. Lara war noch nicht richtig aus dem Auto gestiegen, als Anja schon auf sie zugelaufen kam und erzählte das alles glatt gelaufen ist und es den Pferden gut ging. „Hast du gesehen? In der Zeitung ist ein Bild drin", fügte Anja hinzu. Lara bat sie die Zeitung holen. Sie ging zu ihren Pferden die genüsslich frisches Heu kauten und Lara erst gar nicht bemerkten. Lapis und Nougat schienen sich wohl zu fühlen und ihr fiel ein Stein vom Herzen vor Erleichterung.

„Von uns aus können sie gerne hier bleiben! Um so mehr Boxen vermietet sind um so besser für Nils und mich. Ich mach dir auch einen guten Preis", bot Anja ihr an, die mit dem Zeitungsausschnitt wedeln vor ihr stand.
Lara war nicht sicher, ob Anja dieses Angebot ernst meinte und reagierte erst mal nicht darauf. Eilig überflog sie den Artikel und fragte Anja, ob sie den Ausschnitt mit nehmen dürfte.
„Es ist kein Problem, wenn meine 2 vorerst noch hier bleiben? Und schaun` wir mal wie lang die Untersuchung der Polizei und Versicherung dauern", fügte sie hinzu, auch um Anjas Frage zu beantworten. Eigentlich wollte Lara fragen, ob Anja Lapis und Nougat auf die Koppel bringen könnte, entschied sich dann aber dagegen, weil Anja sie voll nervte mit ihrem extremen Mitteilungsbedürfnis. Sie hörte überhaupt nicht mehr auf zu reden. Lara saß bereits im Wagen und Anja stand immer noch da und plapperte munter weiter. Sichtlich genervt ließ Lara den Motor an und sagte zum dritten mal das sie jetzt dringend los musste. Mit einem „Tschüs" und „beim nächsten mal können wir weiter quatschen", schlug Anja endlich die Autotür zu. Eilig fuhr Lara vom Hof hielt aber bei der nächsten Gelegenheit an, um Melly anzurufen. Verschlafen krächzte Melly`s Bruder in den Hörer und berichtete ihr, dass seine Schwester schon viel zu lange wach sei und ihren seltenen Putzfimmel ausleben würde.
Das musste Lara unbedingt sehen.

Sonst war Melly eigentlich diejenige die jedes mal, wenn sie ihr Gehalt bekam, mit den Zahlen jonglierte und rum rechnete, ob sie sich eine Putzfrau leisten konnte die sich um ihren Haushalt kümmert, oder ob sie sich lieber ihre Wäsche bügeln ließ. Bevor sie zu Melly fuhr, hielt sie beim Bäcker und holte Brötchen fürs Frühstück. Rico, Melly`s Bruder war überglücklich, als er Lara vor der Tür stehen sah. „Die dreht heut voll ab! Ich kenn` meine Schwester so gar nicht!" Überfiel er sie und schleifte sie am Ärmel in die Wohnung. „Melanie! Deine Freundin ist da!" Rief Rico betont freundlich. Melly kam heran gestürzt und umarmte Lara, dass sie fast keine Luft mehr bekam. „Geht's dir gut? Mann ey, ich hab's heute morgen im Radio gehört und wusste sofort, dass es dein Stall war der brannte. Ich hab gleich versucht dich anzurufen, aber es kam die ganze Zeit eine Ansage, von wegen der Teilnehmer ist nicht erreichbar. Erzähl schon!" Fiel Melly über sie her und zog sie am Arm in die Küche. Lara musste bis ins Detail berichten was gestern Abend geschehen war. Flüsternd fragte Melly: „Und jetzt? Soll`n wir jetzt rum sitzen und Däumchen drehen, oder was?" Nachdenklich sah Lara sie an und zuckte ratlos mit den Achseln. „Ich weiß es auch nicht. Aber was ich weiß ist, dass ich gestern echt Schiss gekriegt hab. Du solltest mal den Stall sehen. Ein einziger Trümmerhaufen, ach und Louis hat das Päckchen mitgenommen", erzählte Lara besorgt. Rico setzte sich zu den Mädels, aß sein Brötchen und hörte den Beiden neugierig zu.

Melly sah zu ihrem Bruder, der gerade die Kaffeetasse absetzte und sagte: „Na Bruderherz, was hältst du davon?" Grinsend sah er abwechselnd zu Melly und Lara die auf eine Antwort warteten. „Was soll ich dazu sagen? Das kommt davon, wenn man seine Nase zu Tief in Sachen steckt, die einen zwar was angehen, aber andere Leute raus finden müssen, oder seid ihr zwei jetzt neuerdings bei der Kripo, oder dem Geheimdienst? Zudem stellt ihr euch nicht gerade geschickt an", sagte er trocken und nahm einen weiteren Bissen von seinem Brötchen. Wie aus einem Mund empörten sich die Freundinnen: „Was meinst du damit?" Grinsend gab Rico zurück: „Ihr hättet mich etwas früher einweihen können, ich hab auch so meine Kontakte", gab er geheimnisvoll zurück. „Sag doch was du zu sagen hast und sprich nicht in Rätseln zu uns", sagte Lara leicht verärgert. „Ich hab einen Kumpel, der mir noch einen großen Gefallen schuldet, wie wär's, wenn ich den mal an hau, ob er uns nicht ein paar Informationen hat?" Sprach Rico weiter in Rätseln. „Denken wir doch mal ganz logisch nach. Bevor dein Dad verschwunden ist, hat die Gräfin einen Termin mit dir vereinbart, als du heim kamst, war dein Dad wie verdreht..." Melly wollte weiter zusammen fassen, als Lara sie unterbrach: „Warte mal! In dem Moment als ich telefoniert hatte, riss der Hund mir den Timer runter, aber als ich bei Louis war, war da kein Hund. Und jetzt erst fällt mir auf, das wir gar nicht mehr über den Hund gesprochen haben", sagte Lara kombinierend.

„Willst du damit sagen das dein Louis was damit zu tun hat?" Fragte Melly erstaunt. „Sind das nicht ein bisschen viel Zufälle auf einmal? Ach, ich weiß überhaupt nicht mehr was, oder wem ich noch glauben soll", fügte Lara hinzu. Man konnte buchstäblich die Köpfe rauchen sehen. Das Klingeln eines Handys riss die Drei aus ihren Gedanken. Melly sah zur Spüle wo ihr Handy lag. Rico zog Seins aus der Jackentasche. Lara bekam ihres nicht so schnell aus der Tasche. Bis sie es in der Hand hatte, war es bereits verstummt. „Und?" Fragten die Geschwister neugierig. „Louis", sagte sie knapp und rief in zurück. „Hi! Du hast angerufen!? Ich war nicht so schnell", sagte sie in das Handy. Gespannt sahen Melly und Rico Lara zu und konnten kaum abwarten, bis sie aufgelegt hatte. „Ich soll aufs Revier kommen. Die wollen mit mir sprechen, wegen dem Brand", sagte sie bevor Melly fragen konnte.

Keine halbe Stunde später meldete Lara sich an der Pforte. Eine junge Beamtin in Uniform führte sie zu einem Büro, in dem zwei Beamte saßen. Den einen kannte Lara von gestern. Freundlich begrüßten die Herren Beamten sie mit Handschlag und baten Lara sich zu setzten.

Der Beamte den Lara schon kannte, fragte sie das Gleiche wie den Tag zu vor. Der Andere saß neben ihm und beobachtete Lara argwöhnisch. Er war etwa in Louis Alter. Irgendwie sah er wie ein unterernährtes Schwein aus, dachte Lara. Mit seinen fahlen blauen Augen, riesigen Steckdosenhaften Nasenlöchern und seiner schlaksigen Figur.

Ihr fuhr ein kalter Schauer über den Rücken, wobei sie nicht wusste, ob es daran lag das sie alles noch mal erzählen musste, oder daran das der Schweini sie so ansah, wie er sie ansah.
Als das Gespräch beendet war und Lara das Büro verlassen hatte, war sie ganz in Gedanken versunken und bemerkte zuerst nicht, dass Louis vor ihr stand. Stumm stand sie vor ihm und schaute in seine tiefbraunen Augen. Sie fühlte sich als hätte sie ein schwarzes Loch im Gehirn und wusste nicht was sie ihm sagen sollte.
„Haben die zwei dich gut behandelt?" Fragte er sie schmunzelnd. „Ja, klar", antwortete Lara. „Hast du noch geschwind Zeit auf einen Kaffee?" Fragte er ernst. Lara nickte und folgte ihm schweigend zur Kantine. Sie setzte sich an einen Tisch am Fenster, während Louis den Kaffee holte. „Milch und Zucker, oder?" Sah Louis sie fragend an und legte mehrere Päckchen Zucker und Dosenmilch vor sie auf den Tisch.
Lara nickte und zog minimal die Mundwinkel, zu einem leichten Lächeln hoch. Nach weiteren scheinbar endlosen Schweigeminuten brach Louis die Stile: „Was ist mit dir? Hab ich was falsches gesagt, oder gemacht?" Fragte er besorgt. Was sollte sie jetzt sagen? Sollte sie ehrlich sein und sagen, dass sie darüber nach gedacht hatte, ob er mit der ganzen Geschichte etwas zu tun hat? „Wo ist dein Hund? Du weißt der Grund unseres Kennenlernens?" Rutschte ihr es raus. Schmunzelnd setze Louis seine Tasse ab. „Das war der Hund von meinem Cousin.

Ich hab seiner Mom versprochen, auf seinen Hund aufzupassen, wenn er mal nicht da ist. Sie hat Angst vor ihm und traut sich nicht mit ihm spazieren zu gehen. Das hat dich beschäftigt? Und ich dachte schon du unterstellst mir jetzt was mit dem Brandanschlag, oder dem verschwinden deines Vaters zu tun zu haben", sagte er lachend, aber nicht ahnend, dass er gerade den Nagel auf den Kopf getroffen hatte. Lara versuchte wirklich auch zu Lächeln, aber ein Blinder hätte gesehen das es gestellt war. Glücklicherweise wurde Louis von Schweini abgelenkt, der sich frech und ohne zu fragen, zu ihnen an den Tisch setzte. Er grapschte sich ein Päckchen Zucker und riss es auf, dass die Hälfte neben der Tasse landete und fragte: „Ich darf doch, oder?" Lara und Louis sahen sich verwundert an. „Nein, wir wollten eigentlich alleine sein!" Sagte Louis im Polizeihauptmeisterton. Ohne ein weiteres Wort stand Schweini auf und ging sichtbar angepisst, ein paar Tische weiter. Lara war ziemlich beeindruckt wie cool Louis Schweini hatte abblitzen lassen. „Bei dem Typ ist irgendwas gewaltig schief. Ich trau dem nicht", sagte er leise. Lara erzählte ihm was sie über Schweini dachte und die Beiden kicherten, wie zwei Teenager, dass sich einige Kollegen von Louis umdrehten und sie verdutzt ansahen, was eigentlich nur bewirkte das die Beiden noch mehr Lachen mussten. „Ich muss wieder ins Büro Kleines. Wir haben jetzt eine Besprechung. Kommst du nachher zu mir, oder komm ich zu dir?" Fragte er während er aufstand.

„Es wäre mir lieber, wenn du zu mir kommst", gab Lara zurück. Er versprach so bald er konnte nach zu kommen, wenn er hier fertig war.
Zu ihrer Überraschung drückte Louis ihr zum Abschied einen Kuss auf den Mund. Aus dem Augenwinkel konnte sie sehen, wie einige seiner Kollegen zu Tuscheln begannen, was ihn nicht zu stören schien. Lara war ziemlich irritiert, da er ja vor nicht all zu langer Zeit sie gar nicht mehr sehen wollte. Zuhause angekommen fand sie ein Päckchen vor der Tür, dass an sie adressiert war. Eine ganze Weile haderte sie mit sich selbst, ob sie das Päckchen öffnen sollte, oder doch lieber Louis anrufen sollte. Was ist, wenn da eine Bombe, oder dieses Pulver... Antix, nee Antrax drin ist, machte Lara sich verrückt. Doch ihre Neugier siegte und sie begann vorsichtig das Päckchen zu öffnen.
Langsam knickte sie eine Seite des Kartons um und sprang erschrocken vom Küchentisch weg, als sie gesehen hatte was in dem Karton lag. Ängstlich, als würde sie die tote Ratte jeden Moment anspringen, nahm sie das Papier das seitlich lag, aus dem Päckchen. In großen Druckbuchstaben stand da:

DAS PASSIERT MIT RATTEN, WIE DEINEM VATER!

Hin und Her gerissen, ob sie nun Louis, oder besser Melly anrufen sollte, lief Lara aufgeregt mit dem Telefon in der Hand durchs Haus.

Nach der zweiten Ehrenrunde schloss Chili sich ihrem Frauchen an. Bei der vierten Runde beschlossen auch die Rottweiler der Gräfin mit Lara und Chili durch das Haus zu laufen.
Als sie mit ihrem Gefolge die 14 Runde beendet hatte, klingelte es an der Tür. Die Hunde bellten im Chor und rannten zur Haustür. Lara fiel Louis erleichtert um den Hals, der vor ihrer Tür stand. Sie stotterte und bekam keinen vernünftigen Satz raus, statt dessen zog sie ihn in die Küche und deutete auf das Päckchen, dass auf dem Küchentisch stand. Zielstrebig ging er zu dem Karton und sah sich den Inhalt an. „Wir müssen das gleich zur KTU* bringen. Du Kommst mit! Ich hol deine Jacke", sagte er ernst zu Lara, die sprachlos auf das Päckchen starrte.
Louis verpackte das Paket in einer Tüte die er aus seinem Kofferraum holte. Lara setzte er auf den Beifahrersitz. Heute machte sie auch nicht im geringsten Anstalten, selbst fahren zu wollen. Während der ganzen Fahrt sprach sie nicht ein Wort, obwohl Louis mehrfach versuchte Lara in ein Gespräch zu verwickeln. Wortlos folgte sie Louis durch die langen, kahlen Korridore des Polizeireviers. Vor einer Milchglastür blieb er kurz stehen, klopfte und ging hinein.
Eine Dame mittleren Alters, aber überaus attraktiv, mit einem weiße Kittel bekleidet und blonden, hochgesteckten Haaren begrüßte Louis freundlich und nahm ihm das Päckchen ab.
Wie wenn sie 100 Meter entfernt stand vernahm Lara, dass er sich mit der Frau im Kittel unterhielt.

So sehr sie sich auch anstrengte, Lara konnte nicht ein Wort verstehen. Nach wenigen Minuten war das Gespräch beendet und Louis verabschiedete sich. „Ich glaub wir sollten zu einem Arzt fahren?" Hörte sie ihn plötzlich sagen. „Nein! Es geht mir gut!" Antwortete Lara entschlossen und lief in Richtung Ausgang.
„Frau Moritz wird sich melden, wenn sie das Päckchen untersucht hat", sagte Louis ruhig, während er das Auto aufschloss. Tief Schnaufend setzte er sich ins Auto. „Hast du Hunger?" Durch brach er die Stille. Lara schüttele den Kopf. „Ich kann auch bei dir was für uns kochen", sagte er schon darauf gefasst,
dass er keine Antwort bekommen würde. Schwitzend stand Louis in der Küche und suchte verzweifelt nach allem nötigen. Er ging ins Wohnzimmer, wo Lara regungslos auf der Couch saß und auf die leere Koppel starrte. Sie hatte das Gefühl ein großer Stein würde auf ihrem Brustkorb liegen und ihr die Luft zum atmen nehmen. Gleichzeitig ärgerte sie sich über sich selbst, wie sie so gelähmt sein konnte. Er atmete tief durch und kniete sich vor sie. Lara sah ihm direkt in die Augen. Er sah das ihre Augen glasig und Tränen gefüllt waren. Behutsam zog er sie zu sich und nahm sie tröstend in seinen Arm. Sie sagte sich selbst: „Reiß dich zusammen" und sang in Gedanken den Song „Big Girls don`t cry", aber es gelang ihr nicht und eine Träne nach der anderen kullerten ihr über die Wange. Mit Tränen erstickter Stimme sagte Lara: „Er lebt noch..... Er lebt noch, oder?"

Vorsichtig wischte Louis ihr die Tränen weg. Natürlich hätte er ihr gerne gesagt, dass Laras Vater noch am Leben ist, doch dafür war er zu sehr Polizist. „Komm in die Küche das Essen ist fast fertig!" Forderte er sie auf und nahm Laras Hand, die sich nur mühsam von der Couch bewegte. Ein herrlicher Duft aus frischen Kräutern, Tomaten und Pilzen lag in der Luft. Sie holte Teller und Besteck, während Louis die Spaghetti abgoss. Er stellte den gefüllten, dampfenden Teller vor sie. „E voilà Madame. Spaghetti alla Louis, e Fungi", näselte er mit Französisch-Italienischem Dialekt.
Eigentlich hatte sie keinen Appetit, doch Lara musste daran denken was ihre Oma immer in solchen Fällen gesagt hatte: „Der Hunger kommt beim Essen, mein Kind". Tatsächlich schmeckte es köstlich. Für einen kleinen Moment vergaß sie den Brand und ihren Dad. Schmunzelnd sah sie Louis an und dachte: Wow, ein Mann der gut aussieht, intelligent ist und sogar kochen kann. Nach dem Essen fühlte Lara sich wirklich besser. Sie räumte den Tisch ab und machte sich daran das Geschirr ab zu spülen. Ohne das sie ein Wort sagte nahm Louis sich ein Geschirrtuch und trocknete das saubere Geschirr ab und stapelte es auf dem Tisch. Plötzlich klingelte es an der Tür. Lara fuhr schreckhaft zusammen. Louis ging zur Haustür und hörte Melly rufen: „Lara ruf bitte mal die Hunde!" Louis rief Lara zu das ihre Freundin vor der Tür stand, aber sie schien ihn nicht zu hören. Er ging zu Laras Zimmer und rief die Hunde, die zu seiner eignen Verwunderung prompt kamen.

Nachdem er die Tür geschlossen hatte stürmte Melly auch schon auf Louis zu. „Oh, Halloo! Du bist also Louis! Ich bin Melly, Laras beste Freundin", sagte sie ohne auf eine Antwort von ihm zu warten. Eilig quetschte sie sich an ihm vorbei, um nach ihrer Freundin zu sehen.
Lara stand am Kühlschrank gelehnt, als Melly zur Küche rein stürzte. „Schätzchen! Alles in Ordnung?" Fragte Melly und beugte sich zu ihr vor, wie zu einem kleinen Kind. „Ja. Wieso? Was geht den?" Fragte Lara erstaunt. „Ich weiß das mit der Ratte", sagte sie leise, aber Louis hatte es gehört und fragte prompt: „Von wem?" Melly wusste nicht was sie auf diese Frage antworten sollte und Lara ahnte schon, dass Louis nicht locker lassen würde. Oh man, Melly wusste ja auch noch nicht das sich Laras Verdächtigungstheorie was Louis anging,
als falsch erwiesen hatten. „Sag`s ihm Melly", erwiderte Lara ruhig. „Du weißt schon wer hat es mit bekommen und hat erzählt das sich so ein junger Bulle, äh, tschuldige, Polizist, anscheinend voll aufgeregt hat darüber und wollte unbedingt wissen, wer das Paket zur KTU gebracht hat", sagte Melly aufgebracht. Sie wollte gerade weiter reden, als Louis einen Anruf bekam und kurz die Küche verließ. „Ich muss noch mal weg. Du bleibst ja noch ein bisschen?" Sah er Melly fragend an. „Was ist den?" Fragte Lara irritiert. „Nachher", rief er nur und verschwand. „Was war das jetzt?" Fragte Melly ihre Freundin verdutzt. Lara zuckte nur ratlos mit den Schultern.
„Sag mal wie hieß der, der sich so aufgeregt hat?" Fragte Lara nach.

„Kauber, Tauber oder so was", antwortete Melly unsicher. „Kauber... das ist Schweini! Aber was hat der damit zu tun? Und warum regt der sich auf?" Sagte Lara nachdenklich. „Was für`n Schweini?" Fragte Melly planlos ihre Freundin. Ausführlich erzählte Lara das Kauber der Polizist war, der bei ihrer Befragung dabei war und sie so angeglotzt hatte. Melly wollte gerade ihre neue Verschwörungstheorie bekannt geben, als Laras Handy klingelte. „Gerichtsmedizinisches Institut, Förster. Frau Merten?" Hörte Lara eine verrauchte Stimme fragen. „Ja", erwiderte sie zaghaft. „Es tut mir leid das ich ihnen mitteilen muss, dass sie zu einer Identifizierung her kommen sollten..., wir können sie auch abholen lassen", ergänzte die Rauchige Stimme. „Wollen sie mir damit sagen das mein Vater tot ist? Warum kommt kein Beamter her und sagt mir das? Ist es nicht üblich das so eine Nachricht persönlich überbracht wird? Und warum nehmen sie nicht einfach die Fingerabdrücke der Leiche?" Fragte Lara misstrauisch. „Sehen sie es hätten zwei Beamte zu ihnen fahren sollen. Aus Gründen die mir nicht bekannt sind, ist das nicht geschehen. Fingerabdrücke können wir nicht nehmen, da die Fingerkuppen verbrannt sind", erklärte Frau Förster ihr. „Ich kann mit meiner Freundin kommen. Wir machen uns gleich auf den Weg", gab Lara verstört zurück und legte auf. Hibbelig erzählte sie Melly ohne dabei Luft zu holen, warum und wer gerade angerufen hatte. Eilig zogen sie ihre Jacken an und rannten zum Auto.

Ängstlich klammerte Melly sich an den Griff über dem Fenster: „Kannst du bitte etwas langsamer fahren", fragte sie vorsichtig Lara, die nur so schnell wie möglich Klarheit haben wollte. In gefühlten 5 Minuten hatten die beiden Freundinnen das Gerichtsmedizinische Institut erreicht und Lara stürzte zur Pforte, ohne auf Melly zu warten. Ungeduldig drückte sie mehrmals hintereinander auf den Klingelknopf der dort angebracht war, für den Fall das niemand hier war. Ein Mann, etwa Anfang sechzig mit graumeliertem Haar, kam herbei geeilt um zu sehen, wer so stürmisch klingelte. „Ja Bitte?" Sagte freundlich, mit brummiger Stimme.
Lara verhaspelte sich mehrmals bevor sie in einen klaren Satz heraus bekam und sagen konnte das sie zu einer Identifizierung herbestellt worden war. Geduldig notierte er die Namen der beiden Freundinnen und stellte ihnen in aller Seelenruhe einen Besucherausweis aus, den sie an der Jacke anbringen mussten. Danach führte er die Beiden gemächlich in einen langen Flur, wo er sie bat zu warten. Es dauerte nicht lange bis ein junger Mann im grünen Kittel kam um sie abzuholen. Lara merkte nicht das Melly hin und weg war von dem jungen Arzt. Wie in Trance lief sie ihm hinter her. Mitten in einem großen, weiß gekachelten Raum blieb er stehen.
Lara stand vor einer der drei Bahren auf denen offensichtlich ein Körper lag, der mit einem Weißen Leinentuch abgedeckt war. „Sind sie soweit?" Hörte sie den jungen Mann fragen.

Melly stand schützend hinter ihr und legte ihrer Freundin die Hand auf die Schulter. Lara nickte und Melly`s neuer Schwarm lüftete das Tuch bis zum Brustkorb. Lara sah sofort das es nicht ihr Dad war, aber sie musste noch mehrmals genau hin sehen, den der Mann der da lag, hatte große Ähnlichkeit mit ihrem Vater.
Dreimal fragte der Arzt nach, ob sie sich wirklich sicher war das es nicht ihr Vater war.
Nach dem dritten mal hielt Lara es nicht mehr aus und keifte den Arzt an: „Wollen sie das mein Vater hier liegt, oder warum fragen sie so blöd?" Und stürzte aus dem Obduktionsraum.
Melly rannte ihr nach, hatte aber größte Mühe ihrer aufgebrachten Freundin zu folgen.
Wütend versuchte Lara die Autotür aufzuschließen, dass sie dabei fast den Schlüssel abgebrochen hätte. Keuchend erreichte Melly das Auto nahm Lara den Schlüssel ab und schloss ihr die Tür auf. Muffig bedankte sie sich und stieg ein. Melly traute sich nicht Lara in diesem Moment an zu sprechen. Kurz bevor Lara in ihre Straße einbogen sagte sie plötzlich: „Das heißt doch dann das mein Dad möglicherweise noch am Leben ist. Dieser Mann sah ihm verdammt ähnlich. Was diesem Mann wohl passiert ist?"
Melly war auch unheimlich erleichtert das es nicht Laras Vater war, allerdings musste sie sich nun ganz genau überlegen was sie ihrer Freundin jetzt sagte, da Laras Gewitterstimmung nur oberflächlich verschwunden war.
"Louis musste kurz vor uns weg, meinst du das es was mit dem Toten zu tun hat!?

Er kann uns nachher bestimmt sagen was mit dem passiert ist", sagte Melly betont ruhig. „Vielleicht. Ich glaube, wer auch immer dahinter steckt, diesen Mann mit meinem Dad verwechselt hat!" Grübelte Lara. Tausend Fragen und etliche Kombinationsmöglichkeiten gingen den Freundinnen durch den Kopf, doch nichts schien auch nur annähernd auf die Lösung hin zuweisen.
Zuhause angekommen ging Lara direkt in die Küche. Melly schloss die Haustür hinter sich holte ihr Handy raus und wählte die Nummer ihres Bruders. „Wie du weißt das schon? Woher den? Ja, dann paß mal auf! Schau mal doch bitte mal, ob du in Erfahrung bringen kannst was mit diesem Mann passiert ist und ob irgendwie eine Verbindung zu dem Brand und/oder Laras Dad besteht", ordnete Melly professionell an. Grinsend sagte Lara zu ihrer Freundin: „Hast viel gelernt bei deiner CSI Glotzerei". Melly fand das nicht lustig. „Du hast wohl vergessen, dass ich auch ein Semester Kriminologie studiert habe, bevor ich zur Germanistik gewechselt habe", gab sie ein geschnappt zurück. „Tschuldige! War doch nicht so gemeint! Ich find's toll wie du mir hilfst und dich engagierst", lobte Lara ihr Freundin und nahm sie entschuldigend in den Arm.
Melly holt einen Block und Stift aus Laras Zimmer, setzte sich an den Küchentisch und begann alle Fakten und Ereignisse der letzten Tage zusammen zufassen. Lara sah ihr über die Schulter und überflog was Melly notiert hatte.

„Ich hab `ne neue Theorie", trällerte Lara ihrer Freundin ins Ohr. „Der tote Mann wurde bestimmt von demjenigen engagiert, der für den Mord an der Frau und dem Verschwinden meines Dad`s verantwortlich ist. Vielleicht sollte es so aussehen, als hätte mein Dad den Brand gelegt und wäre dabei selbst ums Leben gekommen, oder an den Folgen des Brandes", erklärte sie aufgeregt. „Wir haben trotz allem immer noch nicht den geringsten Anhaltspunkt, wer da der Drahtzieher von all dem ist. Wir wissen das der Graf und die Gräfin auf jeden Fall Dreck am Stecken haben, aber so richtig bewiesen ist das auch nicht. Sind doch alles nur wage Vermutungen. Woher wissen wir das der Graf tatsächlich, an dem besagten Abend am Neckar war und die Leiche abgeladen und entsorgt hat, oder deinen Dad kennt? Bei uns hier in Stuttgart fahren mehr als 100 Leute solch einen, oder einen Jaguar in der ähnliche Farbe. Und Louis..., ich sag dir ganz ehrlich. Der ist viel zu sehr Bulle, als das er irgendwelche Krummen Dinger drehen würde. Rico hat auch rein gar nichts außer Belobigungen über ihn gefunden. Tja meine Liebe, diesmal kein Bad Boy. Ganz im Gegenteil wie es scheint", schmunzelte Melly.
"Wer mir aber ganz komisch vorkommt, ist dieser Kauber. Rico hat raus gefunden das er schon als 13jähriger Polizeilich bekannt war, und jetzt rate mal wegen was!? Brandstiftung! Angeblich hat er mit zwei Kumpels in einer Scheune einen Brand gelegt. Seine „Kumpels" wurden nie gefunden.

Was auch sehr merkwürdig ist, dass er keine
Eltern hat. Rico hat weder den Ort in dem er
geboren ist gefunden, noch wer ihn geboren hat,
oder wo er die ersten dreizehn Jahre seines
Lebens verbracht hat. Auf den ersten Blick
sieht es aus, als sei er ganz plötzlich mit 13 aus
dem Nichts aufgetaucht. Keine Schule,
keine Zeugnisse nichts", philosophierte Melly.
„Damit haben wir jetzt drei Verdächtige:
Der Graf und seine eingebildete Gattin und dieser
Schweini Kauber", ergänzte Lara.
Trotzdem waren sie kein bisschen schlauer.
Die beiden Freundinnen waren mitten in einer
heißen Diskussion über verschiedene Theorien,
als es an der Haustür klingelte. Während Lara die
Tür öffnen ging, klappte Melly den Block zu und
legte ihre Tasche schützend darauf. Lara kam mit
Louis im Schlepptau zurück in die Küche.
Neugierig sah Melly ihn mit ihren großen Augen
an. Sie fragte aber nicht: „Und? Was neues?"
Ihr Blick sprach Bände. „Jetzt erzähl schon
Louis, bevor mir Melly vor Neugier platzt,
auf so `ne Sauerei hab ich keinem Bock",
witzelte Lara, das erste mal seit dem Brand.
Grinste und hakte sich in seinem Arm ein.
„Der Mann war ohne Bewusstsein und Papiere,
hatte Brandverletzungen, wurde ins Böblinger
Krankenhaus eingeliefert und die Schwestern
haben meine Kollegen in Böblingen informiert.
Noch bevor meine Kollegen eintrafen,
verstarb der Mann, vermutlich an den Folgen
einer Rauchvergiftung und meine Kollegen dort
dachten das es dein Vater sei.

Bis wir in Böblingen ankamen, hatte der Gerichtsmediziner bereits die Leiche für den Transport zum Gerichtsmedizinischen Institut freigegeben". Lara musste Louis unterbrechen und sagte hastig: „Du warst keine fünf Minuten weg, als mein Telefon klingelte und mich eine Mitarbeiterin der Gerichtsmedizin zur Identifizierung zum Institut bat. Und ja der Mann sah meinem Dad tierisch ähnlich. Seine Fingerkuppen waren völlig verbrannt...", erzählte sie aufgebracht. Plötzlich brach sie abrupt ab. Melly fügte für Lara hinzu das sie nachgefragt hatte, warum kein Beamter persönlich vorbei gekommen ist, um ihr das mit zu teilen und das es angeblich aus irgendeinem Grund, den die auch nicht kannten schief gegangen ist. Nachdenklich setzte Louis sich an den Küchentisch. „Irgendwas stimmt doch hier nicht. Jetzt wäre das Plakat aus dem Büro hilfreich", murmelte er mehr zu sich selbst. Melly hielt steif ihr Tasche fest und sträubte sich gegen Laras Versuche, den Block unter ihrer Tasche hervor zu holen. Widerwillig gab sie dann doch den Block frei. Lara schlug ihn auf und schob ihn zu Louis. „Wow, krass! Ihr Mädels habt echt ganze Arbeit geleistet! Zwei Fragen hätte ich da allerdings: Was für eine Hütte im Wald? Und was war das mit Kauber?" Fragte er stockend, als sei ihm gerade eine Idee gekommen. „Kauber! Das würde so einiges erklären. Andererseits gibt es bei der Polizeischule ziemlich strenge Aufnahmeprüfungen und ohne Zeugnisse ist es, denke ich,

sowieso nicht möglich überhaupt aufgenommen zu werden", fügte Louis weiter hinzu.
„Also ich kenne da so einige die ihre Zeugnisse und Lebensläufe frisiert haben, oder haben machen lassen", gab Melly ihren Senf dazu.
„Da hast du recht. Das Problem an dieser Geschichte ist, dass es nicht unentdeckt bleiben würde, wenn ich mich über Kauber schlau mache", sagte Louis nachdenklich.
"Aber vielleicht könntet ihr...." und schon unterbrach Melly Louis erneut. „Du willst uns jetzt aber nicht bitten was über diesen Kauber raus zu finden? Hallo?" Empörte Melly sich lautstark. „Nein. Wenn ihr nicht wollt, kann ich euch ja zu nichts zwingen", gab er scheinbar resignierend zurück. „Ich hasse es, wenn Männer so was tun! Lara?" Sagte Melly und stieß ihre Freundin in die Seite. „Hm, äh, ja! Also ich mein wir hängen doch sowieso schon mitten drin. Die Frage ist doch eher, wie wir das an stellen das wir was über ihn raus finden?" Fragte Lara nachdem Melly sie ein zweites mal unsanft in die Seite stieß. „Ich wüsste da vielleicht schon was. Habt ihr morgen Abend schon was vor?" Fragte Louis mit schelmischem Grinsen. Beide verneinten und warteten gespannt auf die Erklärung seines Plans. „Wir gehen morgen Abend essen! Zu viert!" Triumphierte er knapp, als wäre es die beste Idee die er je hatte. „Du meinst jetzt nicht im ernst, dass wir mit Schweini essen gehen sollen?" Fragte Lara entsetzt nach. „Ja! Warum den nicht?" Gab er ironisch zurück.

Gleich darauf ergänzte er: „Kauber hat mich schon öfters gefragt, ob ich mal mit ihm was trinken geh. Das wäre doch die Gelegenheit ihm in privater Atmosphäre auf den Zahn zu fühlen", direkt an Melly gerichtet. „Mit Pfeifen kenn` ich mich ja aus, oder was?" Sagte sie sarkastisch. Mitfühlend strich Lara ihr über den Arm.
„Lass mal Lara. Ich glaub das ist mein Schicksal, Forever alone, oder Deppen!. Hauptsache du hast deinen Traumprinzen gefunden", fügte sie in eingeschnapptem Ton hinzu. Lara wurde rot, weil sie Louis das nicht so direkt gesagt hatte, dass aus ihr und ihm mehr als nur eine kleine Affäre werden könnte. Bis kurz vor Mitternacht saßen sie in der Küche und besprachen den morgigen Abend, um für alle Eventualitäten und Überraschungen gut vorbereitet zu sein.
Bevor Melly ihre Jacke Anzog rief sie ihren Bruder an der sie abholen sollte. Sie log ihm vor das sie was getrunken hatte. Rico kannte seine Schwester und wusste genau, dass es mal wieder nur ein Vorwand war, weil sie nicht fahren wollte. Er zwinkerte Lara und Louis zu, als er seine Schwester zur Heimfahrt abholte.
Louis, ganz der Hausmann, hatte bis sie wieder in die Küche kam, die schmutzige Gläser und Tassen weg geräumt. „Warum haben wir uns nicht schon früher gefunden?" Sagte sie schmunzelnd und schmiegte sich wie ein Kätzchen an ihn. Sie fühlte sich so wohl und sicher, wie schon sehr lange nicht mehr.
Lara nahm Louis Hand und zog ihn in ihr Zimmer.

Nun ist es Zeit das wir uns jetzt auch zurück ziehen und das junge Glück mal in Ruhe lassen.
Lara hatte vergessen ihren Wecker zu stellen. Sie schreckte hoch, als sie um halb sieben, einen ihr unbekannten Weckton hörte. Schnell machte Louis den Wecker aus, um Lara nicht zu wecken, als er zu ihr rüber sah grinste sie ihn an.
Du bist ja schon wach!" Sagte er verschlafen und strich ihr zart übers Gesicht. Sie konnte weder aufhören zu grinsen, noch ihn an zu sehen. Sonst versteckte er seine Haare unter einem Cappy, oder Mütze. Behutsam strich Lara ihm durch seine schwarzen Locken. „Ich könnte mich daran gewöhnen, neben dir jeden morgen aufzuwachen", sagte er das aussprechend, was Lara dachte. „Ich auch!" Hauchte sie zurück und kuschelte sich an ihn. Plötzlich hüpfte Chili freudig Schwanz wedelnd auf das Bett und versuchte den Beiden die Decke zu klauen.
„Chili! Hör auf damit!" Quietschte Lara.
„Wir stehen ja auf! Sie lässt uns keine Ruhe, bis wir nicht aufgestanden sind", sagte sie lachend erst zu Chili, dann zu Louis blickend. Die Rottweiler standen nun auch am Bett und begrüßten Lara und Louis stürmisch.
„Wie lang bleiben die beiden noch hier?" Fragte Louis auf dem Weg zum Bad. Lara saß vor den Hunden und zuckte mit den Achseln: „Ich glaub das die Zwei sich hier ganz wohl fühlen. Allerdings hatte ich eigentlich nicht geplant, mich um noch mehr Tiere kümmern zu müssen", sagte sie und kraulte die Beiden entschuldigend hinter den Ohren.

Solang Louis sich im Bad frisch machte, ließ Lara den Kaffee durch laufen und deckte den Tisch. Ist schon fast wie bei einem alten Ehepaar dachte sie, wurde aber sofort von diesem Gedanken weggerissen, als sie Louis nur mit Handtuch bekleidet in ihr Zimmer huschen sah. Von wegen altes Ehepaar, dachte sie und sah ihm seufzend nach. Frisch geduscht saßen sie von den drei Hunden umringt am Küchentisch und besprachen, was Lara vor hatte. „Ich bin froh das du die Hunde bei dir hast", sagte Louis besorgt, der sich zur Arbeit auf machen musste.
Ihre Kurse in der Hundeschule hatte sie für die nächsten Tage abgesagt, auch wenn das noch mehr den Unmut der Hundebesitzer herauf beschwor, wer nicht verstand das sie in dieser Situation gerade keinen Nerv dafür hatte, hat Pech gehabt, dachte Lara sich.
Eng umschlungen standen sie an der Haustür und verabschiedeten sich von einander.
„Pass auf dich auf Kleines!" Sagte er kaum hörbar, drückte ihr einen Kuss auf den Mund und ging. Es war keine Zeit zum Träumen, den das Telefon klingelte. „Guten Morgen meine Liebe! Sag mal hast du nachher Zeit mit mir shoppen zu gehen? Ich brauch dringend was neues zum anziehen für heute Abend", sprudelte es aus Melly zu dieser frühen Uhrzeit. „Wer hat dich den so früh aus dem Bett geworfen?" Fragte Lara überrascht. „Ach, Rico. Er musste es mir heute früh heim zahlen und meinte er müsse Punkt halb acht mit Staub saugen anfangen", erklärte Melly entnervt.

„Was ist jetzt, treffen wir uns nachher am Schlossplatz?" Fügte sie hinzu. Obwohl Laras Schrank drohte aus allen Nähten zu platzen, fand sie das man sich hin und wieder auch mal was gönnen sollte und sagte ihrer Freundin zu. Eilig machte sie klar Schiff. Schlüpfte in ihre Schuhe und entschloss heute schweren Herzens Chili Zuhause zu lassen. Lara war keinen Meter vom Haus weg, als sie schon Chili erbärmlich hinter der Tür heulen hörte. Kurzer Hand entschied sie sich um und holte die Hunde, die sich wie verrückt freuten und schnell auf ihrem Platz im Auto saßen, bevor Lara es sich vielleicht doch anders überlegte.
Eigentlich wollte Lara erst zu Ihrer Stiefmutter Susan, aber entschloss zuerst zum Neckarstrand zufahren, um die Hunde springen zulassen. Natürlich wollte sie sich auch unauffällig etwas an dem Tatort umsehen. Wer weiß, vielleicht entdeckt sie etwas, dass die Polizei übersehen hatte. Sie parkte am Rand des Canstatter Wasens. Jedes mal, wenn Lara herkam staunte sie über diesen riesigen leeren Platz der zum Frühlings- und Oktoberfest voller Imbissständen, Schießbuden, Trinkhallen und Menschen die am feiern sind, gefüllt war. Verlassen lag ihr der Wasen zu Füßen. Lara marschierte zum Neckarufer. Die Hunde freuten sich über diese Abwechslung. Gianni und Coco wussten nur noch nicht was sie mit so viel Wasser anfangen sollten. Chili, mutig wie sie war, sprang in das kühle Nass und zeigte den Beiden das sie keine Angst vor dem Wasser haben mussten.

Lara lief am Ufer entlang, abwechselnd einen Blick zu den Hunden und einen Blick auf den Boden. In einiger Entfernung sah sie ein Boot kommen und rief die Hunde zu sich.
Während sie bei den Hunden saß kam ihr die Idee, dass die Leiche gar nicht mit einem Auto hergebracht wurden, sondern aus einem vorbei fahrenden Boot oder Schiff geworfen wurde?
Sie ging ein paar Schritte weiter nach dem die Hunde völlig unbeeindruckt von dem Boot, darauf warteten das Lara ihnen sagte gehen zu können. Ihre Idee ließ ihr nun aber keine Ruhe. Sie schwankte ob sie Melly, oder besser Louis anrufen sollte, doch diesen Gedanken verwarf sie gleich wieder und wählte hastig Melly`s Nummer. Leider ging nur die Mailbox dran: „Ach du weißt ich hasse deine fucking Mailbox! Meld` dich bitte mal! Dringend!" Lara wollte gemütlich zum Auto zurück laufen, als sie merkte das Chili eine Spur aufgenommen hatte und ihre Schritte immer schneller wurden. Am Auto angekommen lief sie aufgeregt schnüffelnd drum herum. Lara sah sich in allen Richtungen um, aber es war weit und breit nichts und niemand zusehen. Am Reitstadion und Kanu Verein konnte man sich gut verstecken, doch sie entschied sich dagegen durchs Gebüsch zu streifen und ließ die Hunde ins Auto. Bevor sie einstieg schaute sie unters Auto, man kann ja nie wissen sagte sie sich selbst.
Lara faste sich an den Kopf: ich bin doch nicht bei Alarm für Cobra 11, wo Bomben unterm Auto montiert werden und alle zehn Minuten ein Auto explodiert,

versuchte sie sich nicht verrückt zumachen.
Trotzdem hatte Lara ein komisches Gefühl im Magen. Ihr Gefühl sollte sie nicht täuschen.
Sie war keine 10 Meter gefahren, als Lara bemerkte, dass ihr Auto merkwürdig schwammig fuhr. Sofort stoppte sie den Wagen. Sie hatte gerade eben zwar unters Auto gesehen,
aber hatte keinen Blick auf die Reifen geworfen. Der linke Vorderreifen war platt. "Pah, siehste! Ich hab's doch gespürt das was nicht stimmt", sagte sie laut sich selbst. Lara ließ die Hunde wieder aus dem Auto und platzierte sie wie kleine Bodyguards während sie sich daran machte den Ersatzreifen und Werkzeug aus dem Kofferraum zu holen. In nicht mal zwanzig Minuten hatte sie den kaputten Reifen ausgetauscht und einen Neuen an dessen Stelle montiert. Sie rieb sich die Hände an einem Handtuch ab und ließ die Hunde zurück ins Auto. Lara lief noch einmal um das Auto, um sich zu vergewissern das nicht noch ein Reifen platt war. Eigentlich fühlte sie sich beruhigter als sie vom Wasen runter fuhr,
aber als Lara an einer roten Ampel anhalten musste merkte sie wie ihre Knie schlotterten. Sie versuchte sich damit auf zu muntern,
dass ja zum Glück nichts weiter passiert war. Trotzdem ließ sie es nicht los, ob das ein Zufall mit dem Platten war, oder hatte ihr jemand in den Reifen gestochen? Wenn ja, war das gerade eben der Gleiche, der den Brand gelegt hat? Lara strengte sich an damit Susan möglichst nichts merke, als sie an der Tür ihrer Stiefmutter klingelte.

Es dauerte und dauerte. Lara schwankte zwischen gehen und noch mal klingeln. Sie hob gerade den Finger um erneut auf den Klingelknopf zu drücken, als Susan verschlafen die Tür öffnete. Nur in einen dünnen, Original hawaiianischen Bademantel gehüllt, schlurfte sie vor Lara in die Küche. „Setzt dich! Auch einen Kaffee? Erzähl! Alles in Ordnung?" Fragte Susan fürsorglich. Lara wollte sich nicht setzten. Sie holte Tassen, Zucker und Milch. Susan goss den heißen Kaffee in die Tassen und sie setzten sich an den Küchentisch. Obwohl Lara manchmal an ihrer Verschwiegenheit zweifelte, erzählte sie Susan was in den letzten Tagen geschehen war. Normalerweise wusste Susan zu allem etwas zu sagen, aber heute saß sie ganz ruhig da und hörte Lara aufmerksam zu, ohne sie ein einziges mal zu unterbrechen. „Als erstes muss ich dir mal sagen, dass man seine Nase nicht zu tief in die Angelegenheiten von anderen Leuten stecken sollte", hab ich schon mal gehört dachte Lara. Susan fuhr fort: „Dein Vater zieht solche Unglücke magisch an das war doch nur eine Frage der Zeit". Lara sah Susan fragend an: „Was meinst du damit? Es war nur eine Frage der Zeit? Das er verschwindet? Oder willst du damit sagen das er ein Mörder ist?"
Empörte Lara sich. „Das dein Vater kein Engel ist wissen wir Beide. Es gibt da so einiges was er dir nicht erzählt hat, auch wenn er immer so offen und ehrlich tut. Außerdem ist er schon früher immer vor seinen Problemen davon gelaufen, warum sollte es heute anders sein?"

Gab Susan spitz zurück. „Ich sag dir ganz ehrlich, wäre er nicht auch vor unseren Problemen davon gelaufen, wären wir heute bestimmt noch zusammen und könnten unsere Leben genießen", fügte Susan gekränkt hinzu. Lara wusste nicht was sie sagen sollte, aber spürte die Bedrückung die im Raum lag. Aufgedreht sprang Susan auf und bemerkte fast beiläufig: „Ich hab keine Ahnung wo dein Vater sein könnte, wenn es das war was du wissen wolltest", und verschwand ohne ein weiteres Wort aus der Küche. Irgendwas weiß die doch, oder sie ist schon am frühen Morgen besoffen, was Lara sich überhaupt nicht vorstellen konnte da Susan so gut wie nie Alkohol trank, vielleicht mal ein Glas Sekt an Silvester. Gestylt und in eine leuchtend gelbe Tunika gehüllt, kam sie zurück in die Küche, goss sich Kaffee nach und fragte ihr sprachlose Stieftochter, warum sie so erstaunt schaute.
„Ich kenn` dich so nicht! So beschwingt am Morgen! Und seit wann trägst du so gelbe Fummel...", begann Lara und wurde je von ihr unterbrochen. „Warum? Ich finde diese Farbe steht mir außerordentlich gut! Diese Tunika hat eine weite Reise von den Malediven hinter sich. Die Strände dort sind herrlich. Der Sand ist fast wie Puderzucker, Schneeweiß und so weich", schwärmte Susan ihr vor. Lara schüttelte leicht den Kopf, sie wusste genau das es nur ein Ablenkungsmanöver war und Susan ganz bewusst nicht antworten wollte. „Sag doch was du weißt, oder hängst du da auch mit drin?" Fragte Lara erneut ganz direkt.

„Ich? Nee! Wie kommst du darauf? Ich weiß von nichts", gab Susan dramatisch inszeniert zurück. Lara dachte sich: Jetzt fehlt nur noch der Heiligenschein über ihrem Kopf schimmern.
Sie ließ es gut sein, den sie wusste das Susan nichts erzählen würde, sonst hätte sie es schon getan, weil Geheimnisse und Neuigkeiten für sich behalten war nicht gerade Susans Stärke.
Den Smalltalk den sie hielten bis sie ihre Tasse geleert hatte, war total verkrampft und fühlte sich unecht an. Lara war froh als sie draußen war und Luft schnappen konnte. Susan schien auch nicht gerade unglücklich darüber zu sein das Lara sich auf den Weg machte.
Sie hatte noch ausreichend Zeit um die Hunde heim zubringen und tatsächlich schaffte Lara es, mal vor ihrer Freundin am verabredeten Treffpunkt zu sein. „Es geschehen wirklich noch Zeichen und Wunder!" Lobte Melly sie, hakte sich in Laras Arm ein und marschierte los.
Sie zogen von einem Geschäftl zum anderen Geschäftl, wie Melly witzelte, die offensichtlich gerade Hape Kerkelings Buch über seine Wanderung auf dem Jakobsweg, las.
Nebenbei wurde, typisch Frau, über die Vorbeiziehenden gelästert. Lara, oder Melly sagten nur: rot, oder Haare, je nachdem was ihnen auffiel und kringelten sich vor Lachen wie 13jährige Küken. Melly hatte schnell einige Tüten mit Beute beisammen, bei Lara war das schon eine schwierigere Sache. Entweder gefiel ihr die Farbe nicht, oder Schnitt. Wenn sie dann doch etwas gefunden hatte, war es zu klein,

zu groß, oder sah schlicht und ergreifend Scheiße an ihr aus. „Nur die Hoffnung nicht aufgeben", wollte Melly sie aufmuntern. Genau in diesem Moment entdeckte Lara etwas in einem Schaufenster. „Guck! Genau das ist es!" Sagte sie begeistert. „Äh, Lara? Hast du gesehen, was dieses wirklich schöne, Atemberaubende Teil kostet?" Erwiderte Melly entsetzt. Jetzt erst warf Lara einen Blick auf das winzige, weiße mit Gold umrandete Preisschild, dass am Fuß der Schaufensterpuppe angebracht war. Die 399 € die darauf standen schienen sie nicht zu schockieren. „Egal! Wir gehen jetzt da rein und gucken, ob es das Teil in meiner Größe gibt und ob's mir überhaupt steht", entschied Lara spontan und zog ihre verdutze Freundin in die Boutique. Eine Hochnäsige Verkäuferin mit perfekt sitzender Frisur und perfekt geschminkt, dass sie aussah wie eine ihrer Schaufensterpuppen, musterte argwöhnisch die beiden Freundinnen und fragte arrogant, ob sie helfen könne. Lara und Melly sahen sich mit den Augen sprechend an und dachten vermutlich das Selbe. Lara gab ein spitzes „Ja" zurück. Mit der Nase in der Höhe hängend und ohne ein weiteres Wort lief die Verkäuferin vor, um für Lara die richtige Größe raus zu suchen. Melly sah sich um, während Lara vorsichtig die Kostbarkeit anprobierte.
Sie betrachtete sich im Spiegel. Drehte sich, aber was das wichtigste war sie fühlte sich wohl. Ohne Melly zu rufen zog sie sich aus und schlüpfte zurück in ihre Klamotten.

Mit einem „Ratsch" zog sie den Vorhang auf und drückte der Verkäuferin die wie ein Wachhund vor der Kabine stand, ihr neues Kleid in die Hand und sagte mindestens genau so hochnäsig, dass sie zahlen wolle. Melly kam herbei geeilt, als sie sah das Lara auf dem Weg zur Kasse war. Sie verbarg nicht im geringsten ihre Enttäuschung darüber, dass Lara sie nicht gerufen hatte. Beleidigt lief sie neben ihrer Freundin her. „Ach, jetzt stell dich nicht so an! Spätestens heute Abend, wenn ich dich abhole wirst du es sehen", versuchte Lara sie aufzumuntern und grinste, doch Melly reagierte nicht. „Kaffee? Ich zahl auch!" Sagte Lara erneut und kniff ihrer Freundin liebevoll in die Wange. „Hast du dafür überhaupt noch Geld?" Fragte Melly scharf. „Juhu! Du redest wieder mit mir!" Rief Lara laut, dass sich einige Passanten um drehten. Die grauen Wolken über Melly waren verzogen und sie begann zu lachen: „Ja gehen wir einen Kaffee trinken! Du dummes Huhn!". Als die beiden Freundinnen aus dem Café kamen hatten sie nur noch eineinhalb Stunden Zeit, um sich für das Essen zu Viert, fertig zu machen. Melly hetzte los, um ihre Straßenbahn noch zu erreichen. Lara stürmte ins Parkhaus. Schnell zum Kassenautomaten, doch vor den beiden Automaten standen je mindestens 10 Leute, die auch ihr Parkticket bezahlen mussten. Lara wippte ungeduldig von einem Fuß auf den Anderen. Bei manchen ging es zügig, aber manch andere standen vor diesem Automat, wie der sprichwörtliche Ochs vorm Berg.

Das raubten ihr den letzten Nerv. Beinahe hätte sie in der Eile einen Pfeiler gerammt. Erschrocken drehte sich ein Rentnerpärchen zu ihr um, als sie mit quietschenden Reifen zwei Zentimeter vor dem Pfeiler stehen blieb.
Ohne weitere „fast" Unfälle, oder übersehene rote Ampeln, schaffte sie es heim zu kommen. Nach der kurzen Dusche ließ sie die Hunde raus in den Garten, damit ihr keiner ins Haus pinkelte während sie weg war. Vorsichtig zog sie sich ihr teuer erstandenes Kleid an, als es schon an der Tür klingelte. Kurz überlegte Lara, ob sie sich nicht schnell den Bademantel überwerfen sollte, entschied sich aber doch dagegen und empfing Louis etwas beleidigt mit den Worten: „Jetzt hast du mir meine Überraschung verdorben!" Bevor er antworten konnte lief sie schon zurück ins Bad, um ihre Haare zu föhnen. Sie schaltete den Föhn aus und legte ihn auf die Ablage, schaute in den Spiegel und sah Louis hinter ihr stehen. „Wow! Du siehst toll aus! Aber ich glaube selbst wenn du einen grauen Sack an hättest siehst du umwerfend aus", schmeichelte er ihr. „Schleimer!" Gab Lara frech grinsend zurück. „Wenn du nicht so schick angezogen wärst, würd` ich dich jetzt übers Knie legen", sagte er schelmisch. „Herr Kommissar! Ich dachte die Prügelstrafe sei schon längst abgeschafft?" Konterte Lara. Tja, was sich liebt, das neckt sich. Die Beiden kamen etwas zu Spät bei Melly an um sie abzuholen. Sichtbar verärgert wartete Melly vor ihrem Haus.

Ohne ein Hallo schmiss sie sich auf den Rücksitz und blaffte Louis an: „Hat sie dich jetzt auch mit ihrer Unpünktlichkeit angesteckt, oder bist du auch einer von der „Zuspätkommersorte?" „Eigentlich nicht, oder Kleines?" Antwortete er und konnten sich kaum das Lachen verkneifen, weil er es zu lustig fand wie Melly sich wegen nicht ganz 10 Minuten echauffierte. Melly fand`s nicht lustig und brummelte so was wie „albern, Kindergarten" und „typisch frisch Verliebte", vor sich hin. Mürrisch lief sie neben Lara und Louis in den Zauberlehrling, ein etwas anderes Restaurant. Für das Trio war es unmöglich, Schweini nicht zu sehen, den er saß wild winkend an einem Tisch und grinste bis an die Ohren. Nachdem Louis ihn mit Melly bekannt gemacht hatte, klebten Schweinis Augen praktisch auf Melly. Als das leere Geschirr des hervorragenden Hauptgangs, der allein schon wundervoll klang: Geräuchertes Spanferkelbäckchen auf Dörrpflaumen-Kartoffelmousseline, abgeräumt war, entschuldigten sich die Freundinnen und verschwanden für ein paar Minuten auf dem Stillen Örtchen. Sie wuschen sich gerade die Hände als Melly sagte: „Der mag auf den ersten Blick etwas komisch sein, aber ich find ihn eigentlich ganz nett", drehte sich mit dem Rücken zu Lara und riss ein Tuch ab um ihre Hände zu trocknen, aber auch um die Röte im Gesicht zu verbergen. „Wenn du meinst", antwortete Lara komisch und lief ohne weitere Fragen hinter ihrer Freundin zurück zu dem Tisch, an dem Melly von Schweini empfangen wurde, als wäre sie ein Jahr unterwegs gewesen.

Louis sah Lara an und verdrehte die Augen.
Schweini und Melly unterhielten sich angeregt.
In kurzen, regelmäßigen Abständen befiel die
beiden Kicheranfälle, wie bei zwei 13jährigen.
Der Ober kam an den Tisch und servierte den
opulenten Nachtisch mit Namen: White and Dark
Magic Creme, Rubinsorbet und Schokolava.
„Das sieht viel zu schön aus um es zu essen",
bemerkte Lara anerkennend zu dem Ober,
der vornehm nickte und sich zurück zog.
Für einen kurzen Moment herrschte gefräßige
Stille am Tisch. Plötzlich sagte Louis:
„Wo kommst du eigentlich her? Also ich mein,
du bist doch nicht in Stuttgart geboren, oder?"
Leicht irritiert sah Schweini von seinem Teller
auf, direkt in Louis Augen. „Ich bin in Frankfurt
geboren. Dort zur Schule gegangen und nach
dem Abschluss, war ich dort auf der
Polizeischule", antworte er wie auswendig
gelernt und stopfte sich einen weiteren gehäuften
Löffel der süßen Speise in seinen Mund.
„Wie lange kennt ihr euch?" Fragte Schweine
Louis. „Was soll dieser oberflächliche Smalltalk?
Sag doch was du wissen willst und red` nicht
länger um den heißen Brei rum", machte Louis
ihn plötzlich an. Perplex sah Schweini ihn an.
Zögernd antwortete er: „Ok, wenn du es
unbedingt wissen willst. Wir denken das du in
diesem Fall befangen bist". „Aha, wer ist wir?"
Fragte Louis ruhiger. „Ich bin von der Inneren...",
war Schweini`s knappe Antwort. Louis war nun
klar, warum die Mädels nichts über Schweini in
Erfahrung bringen konnten.

„Dann zieht mich doch ab von dem Fall!"
Sagte Louis fast etwas trotzig. „Ich hätte es dir gar nicht sagen sollen", fügte Schweini kaum hörbar hinzu. „Hast du nun aber! Und sei doch ehrlich, du bist nur mit gekommen um mich auszuhorchen!" Schoß Louis verärgert hinter her. „Ja, zu erst schon, aber..... Wirklich! Ich wollte dich auch privat kennenlernen. Ich kenne hier niemand und hab einfach versucht Anschluss zu finden", sagte Schweini in einem fast schon Mitleid erregenden Ton. Plötzlich unterbrach Melly das Gespräch der Männer: „Und jetzt verderbt ihr uns den ganzen Abend mit so `ner Scheiß Diskussion? Es ist doch jetzt alles geklärt zwischen euch. Wir wissen doch jetzt das Thilo wohl kaum etwas mit dem Verschwinden von Laras Dad, oder dem Brand in ihrem Stall zu tun hat", verteidigte Melly Schweini, die jetzt, als sie es ausgesprochen hatte merkte,
dass sie sich verplappert hatte. Man hätte die Luft in diesem Moment schneiden können.
Es sah aus, als würden alle vier ihren Nachtisch in Zeitlupe essen, um nichts sagen zu müssen. Nachdem auch der Letzte den Löffel auf den leer geputzten Teller gelegt hatte, fragte Schweini überschwänglich: „So! Was für einen Cocktail möchtest du, meine Süße?" Lara war überrascht von dieser Überleitung. Louis orderte Zwei Caipirinha, als sei nichts gewesen.
Lara beobachtete Schweini genau. Für ein kurzen Moment trafen sich Laras und Schweini`s Blick und sie sahen sich direkt in die Augen. Sie hatte das gleiche Gefühl, wie auf dem Kommissariat.

Ein Schauer fuhr ihr über den Rücken und nach seinem kalten Blick war sie nicht sicher, dass nicht alles so eitel Sonnenschein war wie hier alle im Moment taten. Am liebsten hätte sie Melly und Louis gepackt und mal kräftig durchgeschüttelt, damit sie wieder zur Besinnung kamen. Oder bild` ich mir das ein? Fragte Lara sich und starrte grübelnd an den Nachbartisch. Irgendwie kamen ihr diese Schuhe bekannt vor und sah von den Füße auf die Person und die, die daneben saß. Kurz hatte Lara das Gefühl keine Luft mehr zu kriegen und gleich vom Stuhl zu kippen. Ohne ein Wort zu Melly oder Louis zu sagen, stand sie auf ging zum Nachbartisch. Ohne zu fragen zog sie einen Stuhl vom Tisch und setzte sich. „Lara Schätzchen! Was machst du den hier?" Fragte Susan sie merklich überrascht. „Guten Tag Frau Merten!" Sagte die Gräfin gewohnt hochnäsig und nickte mit dem Kopf zum Gruß. Lara sah kurz rüber, aber ohne den Gruß zu erwidern, sah sie ihre Stiefmutter an und wartete auf eine Erklärung. „Was ist den? Geht's dir gut?" Fragte Susan, die Laras Schweißperlen auf der Stirn sah. „Ja! Was machst du hier? Und ihr kennt euch?" Fragte sie direkt. „Ach, wir kennen uns schon so lang dass man das eigentlich gar nicht sagen darf, da darf man doch mal was gemeinsam Essen gehen, oder?" Gab Susan gelassen zurück, als sei es das Selbst verständlichste dieser Welt. Da Lara sich nun tatsächlich nicht gut fühlte, verabschiedete sie sich so schnell wie sie gekommen war und ging zu ihrem Tisch zurück.

Louis hatte sie beobachtet, fragte aber nicht wer das war. Interessiert es ihn nicht, oder traut er Schweini doch nicht? Fragte Lara sich. Außerdem fragte sie sich was dieser Abend gebracht hatte, außer noch mehr Fragen auf die sie keine Antwort hatte. Melly und Schweini waren total aufgekratzt und wollten noch auf die Theo. Nach einer steifen, merkwürdigen Verabschiedung gingen die Pärchen getrennte Wege. Erst als Lara und Louis im Auto saßen erzählte sie ihm, ob er es hören wollte oder nicht, wer da vorhin am Nachbartisch saß.
Louis kannte die Gräfin von einer Befragung, Susan war ihm bisher unbekannt. Lara erzählte ihm von ihrem Gespräch heute früh mit ihrer Stiefmutter und das sie das komische Gefühl nicht los ließ, dass Susan ihr etwas verheimlichte. Außerdem dachte Lara bis gerade eben das sie die Freunde und Bekannten von Susan kennt, sie lebte schließlich Jahre lang mit ihr in einem Haus, aber sie konnte sich beim besten Willen nicht erinnern, dass Susan jemals die Gräfin erwähnt hätte, oder sie mal bei uns zu hause war, grübelte Lara. Das Klingeln ihres Handys riss sie aus den Gedanken und Mutmaßungen.
Sie war überrascht Wolfgangs Stimme am anderen Ende zuhören, der ihr total aufgeregt berichtete, dass er von ihrem Dad eine Karte aus England bekommen habe. Louis änderte seinen Kurs nach Laras Wegbeschreibung.
Staunend lief Louis durch Wolfgangs kleines Museum. Wie auch bei ihrem letzten Besuch befreite sie erst den Sitzplatz von etlichen Notenbüchern.

Vertraut sah Jimi auf alle herab. Wolfgang hob ihr die Karte vor die Nase. „Das ist auf jeden Fall seine Schrift", sagte Lara sofort und reichte die Karte an Louis weiter, der sie kritisch beäugte. „Ich muss die Karte mitnehmen", sagte er nur. Lara hörte seine Worte nur gedämpft, wie wenn er 100 Meter entfernt stehen würde, sie war einfach froh ein Lebenszeichen von ihrem Vater in Händen zuhalten. Erst spät in der Nacht, Louis schlief schon, überlegte sie, aus welchen Gründen er so spontan nach England geflogen sein soll. War die Karte denn überhaupt von ihm? Als sie an jenem Abend ihren Dad zum Hauptbahnhof gebrachte hatte er keinerlei Gepäck bei sich. Beim Grübeln fiel ihr auf, dass sie nicht einmal in seinen Kleiderschrank gesehen hatte. Vorsichtig befreite sie sich aus Louis Umarmung, schlich sich aus dem Zimmer und huschte auf Zehenspitzen in das Zimmer ihres Dad`s. Leise schloss sie die Tür hinter sich und machte das Licht an. Vorsichtig drehte sie den Schlüssel an der Schranktür und öffnete ihn. Lara erkannte sofort das seine Reisetasche, Schuhe und Kleidung fehlten. Sie schloss den Schrank, machte das Licht aus, setzte sich an das Fenster und sah hoch auf den klaren Sternenhimmel. Warum verschwindet er genau zu dem Zeitpunkt, als die Frau ermordet wird? Oder ist es doch alles nur ein dummer Zufall? Aber warum meldet er sich dann nicht bei mir? Er kann sich ja wohl denken das ich mir Sorgen mache. Diskutierte sie in Gedanken mit sich selbst. Zusammen geklappt wie ein Taschenmesser, schlief sie auf der Fensterbank ein.

Lara wurde erst wach als eine Hummel mit voller Wucht gegen das Fenster knallte, an das sie den Kopf gelehnt hatte. Wie ein geschockter, erstarrter Maikäfer fiel sie mit einem lauten Knall von der Fensterbank. Nur mit Mühe konnte sie ihre Beine ausstrecken, die sich anfühlten, als würden sie aus einem einzigen Ameisenhaufen bestehen. Louis steckte seinen Kopf zur Tür herein und wusste nicht recht, ob er nun Lachen, oder ernst bleiben sollte. „Was machst du den da?" Fragte er vorsichtig. Lara sah an sich runter und realisierte, wie bescheuert das aussehen musste. Eigentlich wollte sie sagen, dass alles in Ordnung ist und sie nur nicht auf stehen konnte, weil ihr die Beine eingeschlafen waren. Statt dessen prustete sie ihm lachend unverständliche Wortfetzen entgegen. Für sie stand ja alles auf dem Kopf, dazu kam die Tatsache das sie sich nicht rühren konnte und hier nur in T-Shirt und Unterhose bekleidet lag. Ganz der Gentleman half Louis ihr auf und stütze sie auf dem Weg zur Küche, wo die Kaffeemaschine bereits vor sich hin brodelte. „Was hast du da gemacht wenn ich fragen darf?" Fragte er und stellte die gefüllte Kaffeetasse vor sie. „Wegen der Karte aus England... Ich hab nicht einmal in den Kleiderschrank gesehen seit er verschwunden ist und tatsächlich fehlen einige Sachen von ihm. Was ich aber überhaupt nicht verstehe, warum hat er mir nicht Bescheid gesagt das er verreisen will? Warum schreibt er Wolfgang und nicht mir eine Karte? Und wann ist er hier mit Gepäck raus?

Warum verschwindet er ausgerechnet zu der Zeit, als diese Frau ermordet wird? Man! Das macht mich echt noch alles ganz verrückt. Und was bringt das alles? Wir treten doch voll auf der Stelle. Da haben wir einen Verdacht und im nächsten Moment, zerplatzt er wie `ne Seifenblase", trug Lara nach Luft ringend vor.
„Sieh es doch nicht so negativ! Das ist doch ein Anhaltspunkt, wenn dein Vater geflogen, oder mit dem Schiff nach England gefahren ist finden wir das raus", abrupt unterbrach Lara ihn: „Was ist wenn er mit dem Zug gefahren ist? Oder mit irgendwem im Auto, oder `nem Bus? Was dann?" Lara ließ Louis nicht zu Wort kommen: „Ich dachte das es Dad`s Schrift ist, aber du weißt so gut wie ich, dass man mit etwas Übung alles lernen kann..." sagte sie und verstummte. „Gut, ok, nehmen wir an, jemand anders hat die Karte geschrieben und abgeschickt, falls es jemand der Verdächtigen ist, könnten wir schnell raus finden, wer von ihnen vor kurzem in England war, bzw. ob die Karte überhaupt in England abgeschickt wurde. Ich muss dringend mit Frau Dr. Moritz reden, wegen den beiden Päckchen. Ich bin echt gespannt ob sie was raus gefunden hat", nahm Louis Laras Zweifel ernst. Nach einer ganzen Weile in der Beide nichts sagten und jeder für sich grübelte, fragte sie plötzlich: „Darf ich bitte mitkommen?"
Er sah von seiner Tasse auf, druckste etwas rum, bis er ihr schließlich sagte das er es besser fand, wenn sie nach gestern Abend erst mal nicht mit aufs Revier kommen würde.

Sie versuchte so zu tun, als wäre es gar kein Problem für sie. „Dann fahr ich nachher mal zum Stall...", fügte Lara hinzu, stand vom Tisch auf und ging sich anziehen. Louis hatte sehr wohl bemerkt das es ihr nicht passte, aber nach wie vor hielt er es für die richtige Entscheidung.

Als er sich von Lara verabschiedete, hätte er ihr gerne gesagt, dass er sich einfach Sorgen um sie machte und befürchtete das Melly Schweini mehr erzählt hatte als gut war, aber er bekam nicht ein Wort raus. Nach einem kurzen, flüchtigen Kuss ging Louis eilig zu seinem Auto. Lara packte die Hunde ins Auto, schloss die Haustür ab und fuhr los zum Stall. Sie hoffte das ihr nicht gleich wieder Anja über den Weg lief, doch Lara hatte den Gedanken nicht richtig fertig gedacht, als Anja schon grinsend neben ihrem Auto stand und ihr einen wunderschönen Guten Morgen wünschte. Sie hakte sich in Laras Arm ein und schritt eilig zur Box von Nougat und Lapis. „Gehst du reiten?" Wollte Anja neugierig wissen. „Ja hatte ich vor. Willst du mitkommen?" Beantwortete Lara ihre Frage und wunderte sich im nächsten Moment über sich selbst, warum sie Anja fragte, ob sie mit reiten wolle.

„Oh, Lara das ist toll! Das haben wir ja schon ewig nicht mehr gemacht! Ich muss aber schnell Nils Bescheid geben! Bin gleich zurück!" Trällerte Anja fröhlich und marschierte davon. Lara öffnete Nougats Box und führte ihn auf die Stallgasse. „Man Dicker, ob das gut geht?" Zweifelte Lara, aber wenn sie ehrlich zu sich selbst war, wollte sie im Moment einfach nicht alleine sein,

auch wenn das hieß mit Anja, ich Labber ununterbrochen, reiten zu gehen. Keine Fünf Minuten später kam Anja mit einem klapprigen alten Pferd zurück in die Stallgasse und band ihn neben Nougat an. „Willst du auf dem armen, alten Tier mit reiten?" Fragte Lara vorsichtig, während sie Nougats Rücken striegelte.
„Wieso den nicht? Er ist robuster, als er aussieht", gab Anja optimistisch zurück.
Lara beobachtete unauffällig aus dem Augenwinkel, wie der Wallach immer wieder in die Knie ging, wenn Anja ihm mit der Bürste über den Rücken fuhr. „Hast du Lust auf Lapis zu reiten? Sonst müsste ich nachher noch mal los", fragte Lara Anja, die sich gerade damit quälte die verfilzte Mähne zu entwirren.
Mit beschämtem Blick und roten Bäckchen sah sie Lara an: „Im Ernst? Ja, aber gerne", und ihr Blick hellte sich auf. Eilig band sie den Wallach los und brachte ihn zurück in seine Box.
Lara holte in der Zwischenzeit Lapis und begann ihn sauber zu machen. Schwer bepackt, mit je einem Sattel und Zaumzeug auf jedem Arm kam Anja strahlend zurück.
Lara genoss die Sonnenstrahlen und die frische Luft die ihr um die Nase wehte. Nebenher hörte sie Anja zu, die endlose Reden halten konnte: „Kannst du dich noch erinnern, wie wir als Kinder heimlich in die Röhre gegangen sind, damit uns niemand fand und wir länger im Stall bleiben konnten?" Sprudelte es nur so aus Anja, die Lara an eine schöne Zeit erinnerte. Die Röhre war ein riesiges Betonrohr, dass unter der Straße dem Bach seinen Weg ebnete.

Im Frühjahr und Sommer war das Bachbett meist ausgetrocknet und man konnte sich wunderbar in der Röhre verstecken. „Kannst du dich noch an unsere ersten Reiterferien erinnern? Es war glaub ich der heißeste Sommer den ich je erlebt hab. Wann war das? 87, oder 88?" Fragte Anja Lara die überrascht war, dass Anja tatsächlich auf eine Antwort wartete und nicht weiter redete. „88", sagte Lara und begann fürchterlich zu lachen. „Was ist den so witzig?" Fragte Anja, die nicht verstand, was Lara plötzlich so lustig fand. „Überleg mal! Ich hatte eine ekelhafte graue Plastikreithose, die Abends an meinem Arsch fest klebte, wenn ich heim kam und sie ausziehen wollte. Und meine Reitstiefel! Am Ende dieser zwei Wochen hab ich sie aufgeschnitten, weil ich von Tag zu Tag schlechter aus diesen voll geschwitzten Plastikstiefeln kam und mir fast die Füße gebrochen hab, beim täglichen Ausziehkampf", prustete Lara ihr entgegen. Natürlich fiel Anja dazu auch gleich was ein und erinnerte sie an Mareike. Sie begann genau wie Anja, Nils und Lara den Ferienreitkurs 88. Mareike hatte dichte schwarze Haare und eine silberne Zahnspange blinkte in ihrem Mund. Die meisten Kinder überragte sie mindestens um einen Kopf obwohl sie genauso alt war. Meistens nervte Mareike uns, weil sie so anhänglich war und immer hinter Anja und Lara her lief. Es war schon schwierig genug für die Beiden, Nils los zu werden, dann mussten sie sich auch noch Gedanken darüber machen, wie sie Mareike los wurden.

Herr Baumgart, der Reitlehrer der die Kinder damals unterrichtete, teilte sie für bestimmte Pferde ein. Lara musste meist auf Ritchi, einem bockigem braunen Pony reiten, bei dem man aufpassen musste das er einen nicht hinterrücks in den Rücken oder die Wade biss. Anja hatte oft das Glück und bekam Nurino, einen zierlichen hübschen Ararberschimmel, auf ihm fühlte man sich, als würde man auf einem großen Paket Watte reiten. Nils ritt immer mit auf seinem Shetlandpony Rocky, den er von seinen Eltern zum 5. Geburtstag geschenkt bekommen hatte. Mareike bekam passender Weise Maruschka zugeteilt, sie war irgendwie genauso tapsig und behände wie Mareike. Anja, Lara und Nils beobachtete die Beiden und stellten fest das Pferd, wie Mensch etwa den gleichen Gang hatten, was urkomisch aussah. Als sie zurück am Stall waren, hatte Lara einen total freien Kopf und fühlte sich zurück versetzt, in alte Zeiten. „Jetzt fehlt nur noch das unsere Mütter unten am großen Ahorn auf uns warten", bemerkte Lara gelöst. Nicht die Mütter warteten am alten Ahornbaum, sondern Nils stand da ungeduldig mit dem Telefon in der Hand und hatte vergeblich versucht seine Schwester anzurufen. „Wo warst du den so lange? Ich hab gerade deine Reitstunde mit den Studenten übernehmen müssen", sagte Nils vorwurfsvoll. Eilig schwang Anja sich von Lapis, rief Lara zu, ob sie ihn rein bringen könnte und rannte hoch zur Halle.

Nils nahm ihr, ohne ein weiteres Wort zu verlieren, hilfsbereit Lapis ab und führte ihn in die Stallgasse, wo er ihm den Sattel abnahm und Lapis trocken rieb. Lara brachte zwei Decken mit aus der Sattelkammer und warf sie über die schwitzenden Pferde.
Anschließend begleitete sie Nils zur Halle, wo beide kritisch die „Reitkünste" der 2. Studenten-Gruppe an diesem Tag, beäugten und mitfühlten mit den armen Schulpferden.
„Der Unterricht mit denen ist tausendmal schlimmer, als mit Kindern. Die hör`n wenigstens zu und machen was man ihnen sagt. Die hier denken, dass sie die Weisheit mit Löffeln gefressen haben, weil sie ihr Abitur gemacht haben und nun von Mami und Papi das Studium finanziert kriegen", lästerte Nils, mit einem bösartigen Unterton. Lara nickte nur und fragte sich was aus dem fröhlichen, immer gut gelaunten Nils geworden war. Nach sichtbar anstrengenden 60 Minuten beendete Anja die Stunde und entließ die Gruppe, um die Pferde zum Stall zu bringen. Nachdem alle Reiter die Halle verlassen hatten, kam sie zu Nils und Lara rüber. „Ich werd` mich jetzt auf den Weg machen. Danke für den schönen Ausritt", verabschiedete sich Lara und drückte eine überraschte Anja fest. „Ich fand`s auch schön! Pass auf dich auf!" Gab sie ernst klingend zurück. Lara fragte sich noch eine ganze Weile, warum Anja plötzlich so ernst war und sagte paß auf dich auf, konnte sich aber überhaupt keinen Reim darauf machen.

Mehrere Wochen vergingen ohne weiter neue Erkenntnisse, oder ein Lebenszeichen von Laras Dad. Frau Dr. Moritz hatte zwar an den Päckchen Spuren sichern können, allerdings führten sie zu keinem Ergebnisse. Die Suche der Polizei über Interpol in London, brachte genauso wenig, wie die Durchforstung sämtlicher Videobänder diverser Bahnhöfe. Louis war, wie er sagte "provisorisch" bei Lara eingezogen, weil er zu große Sorge hatte, dass ihr etwas zu stoßen könnte. Er pflegte zu sagen: „Vielleicht war der Brand nur der Anfang, möglicherweise nur die Ruhe vor dem Sturm". Der eigentliche Grund war das er Lara am liebsten gar nicht mehr los lassen wollte, doch gerne schob er ihre Sicherheit vor, obwohl Lara schon lange ahnte das es ihm nicht nur um ihren Schutz ging. „Eigentlich find` ich's ja ganz süß wie er sich um mich Sorgen macht", verteidigte Lara Louis Verhalten vor Melly. Was Lara die Ungewissheit etwas leichter machte war die Tatsache, dass sie nach vielen Jahren wieder mit Anja zusammen fand. Regelmäßig gingen die beiden zusammen ausreiten, oder trainierten sich gegenseitig in der Halle fast wie als sie Kinder waren.
An einem verregneten Mittwoch Nachmittag, Anja und Lara kamen gerade von einem Ausritt zurück, fragte sie Lara ob sie nicht Lust hätte am heutigen Abend die Springgruppe zu Übernehmen. „Das traust du mir echt zu?" Fragte Lara ungläubig nach. „Logisch! Mal ganz ehrlich, du hast doch viel mehr Geduld als ich.

Ich glaub manchmal das ich mitten in der Halle einen Herzinfarkt kriege, bei so viel Unverständnis und nicht können", sagte Anja aufgeregt. „Weißt du Lara ich muss einfach mal raus aus diesem ganzen Stall Mief und Nils will ich nicht fragen, der hat auch nie frei.
Ich hab nämlich ein Date...", erklärte Anja errötend. „Wie du hast ein Date? Und klar kann ich machen! Wenn ich Hunde und ihre Besitzer dazu bringen kann das zu machen was ich sage, werd` ich das wohl auch hinkriegen",
willigte Lara guter Dinge ein, aber ohne erfahren zu haben mit wem Anja verabredet war.
Als sie nach hause kam war Louis bereits da und hatte, wie meistens seit er hier wohnte, den Tisch in der Küche fürs Abendbrot gerichtet.
„Also falls wir mal Kinder haben sollten, ist ja jetzt schon klar das du dann Zuhause bleibst", begrüßte Lara ihn schmunzelnd und drückte ihm einen dicken Kuss auf den Mund.
"Abwarten!" Grinste Louis „Was jetzt aber ganz doof ist, dass ich gleich wieder weg muss", sagte Lara leise und senkte den Kopf.
„Wie du musst wieder weg? Wohin?" Empörte er sich. Sie erzählte das Anja sie gebeten hat die Reitstunde zu übernehmen und das sie zu gesagt hatte. „Ach Lara! Hast du vergessen, das Melly heute mit ihrem neuen Freund kommt?" Ergänzte Louis vorwurfsvoll. Jetzt erst merkte Lara das Louis nicht für 2, sondern für 4 Personen den Tisch gedeckt hatte. Dutzende Male entschuldigte sie sich,

weil sie das total vergessen hatte und versprach das sie sofort nach der Reitstunde zurück kommen würde. „Ich kann ihr jetzt nicht mehr absagen! Ich versprech` dir aber das ich mich beeile!" Versuchte sie Louis milde zu stimmen, drückte ihm einen versöhnlichen, schnellen Kuss auf den Mund und rauschte zur Tür raus.
Eine Viertelstunde nachdem Lara weg war, stand Melly mit ihrem neuen Freund Juan an der Tür. „Hallo Louis! Schön dich zusehen! Das ist Juan!" Stellte sie trellernd ihren „Neuen" vor. „Lara!? Ist sie noch nicht zurück?" War gleich Melly`s nächste Frage.
Geknickt erklärte Louis das sie schon wieder weg sei. „Ich ja weiß nicht genau, aber es gefällt mir nicht was Anja da macht", sagte Melly mit mürrischer Mine. „Anja macht doch nichts. Lara ist doch diejenige, die nie Nein sagen kann", gab Louis patzig zurück. Melly schwieg lieber, weil sie das auch hin und wieder ausnutzte. Schweigen ist Zustimmung dachte sie sich. Louis hatte recht, die Hunde des Grafenpaares waren auch immer noch da. Juan saß unbeteiligt zwischen Louis und Melly, die nun mit Louis darüber diskutierte was Anja im Schilde führte. „Darf ich dir ganz ehrlich was sagen? Ich glaub das du nur eifersüchtig bist auf Anja, weil in letzter Zeit doch ziemlich viel Zeit mit ihr verbringt und nicht mit dir", traf Louis den Nagel auf den Kopf. „Das würde ich so nicht sagen...", ging Melly zum Angriff über. Abrupt unterbrach Louis sie und wendete sich Juan zu, der immer noch nichts außer Hallo gesagt hatte.

„Was machst du so? Beruflich? Hobbys?"
Fragte Louis ohne Melly zu beachten, die vor
Wut kochte. „Äh, ach mal dies mal das!"
Antwortete Juan, ohne wirklich zu antworten.
Louis bohrte weiter: „Was heißt, mal dies,
mal das?" „Er ist Tanzlehrer für Flamenco und
wird bald sein eigenes Tanzstudio in Mitte
eröffnen", antwortete Melly stolz für Juan.
Lara indessen genoss es den vierzehn Jährigen
etwas beibringen zu können. Nils bat sie zwar,
noch mit ihm etwas trinken zu gehen, doch sie
lehnte Dankend ab, vertröstete ihn auf ein
anderes mal und machte sich auf den Heimweg.
Zuhause angekommen wurde sie
überschwänglich von den drei Hunden,
einem genervten Louis, einer überdrehten Melly
und einem langhaarigen, spanischen Flamenco
Tänzer, der stumm am Tisch saß und den
durchgedrehten Zirkus beobachtete in Empfang
genommen. In aller Ruhe ging Lara nach der
Begrüßung erst mal duschen. Als sie aus der
Dusche kam, hörte sie wie Louis und Melly
lautstark diskutierten. Sie verstand zwar kein
Wort, konnte sich aber bildlich vorstellen,
wie die Beiden sich angifteten, während Melly`s
Neuer, Sprachlos zwischen ihnen saß und wie
beim Tennis von links nach rechts schaute und
die Beiden beobachtete. Lara legte einen Zahn
zu, um zu versuchen wieder etwas Ruhe rein zu
bringen. Melly und Louis stürzten sich regelrecht
auf Lara, als sie in die Küche kam und sich neben
Louis setzte. „Was geht den ab bei euch 2?
Geht das schon die ganze Zeit so?"

Fragte sie Juan direkt, der Lara ganz entsetzt an sah das jemand mit ihm sprach. „Äh, ja. Sie streiten um dich!" Brachte Juan kurz und knackig auf den Punkt. Melly und Louis schwiegen und senkten die Köpfe wie zwei fünfjährige die etwas angestellt hatten. „Du bist also Tänzer!? Bist du hier, oder in Spanien geboren?" Fragte Lara freundlich ohne die beiden Streithähne weiter zu beachten. Es sprudelte nur so aus Juan der angetan von seinem Heimatort in Andalusien, seiner Kindheit, seiner Oma, seinen Geschwistern, den Tieren, dem Essen und dem besseren Wetter dort schwärmte. Melly und Louis beäugten ohne ein weiteres Wort Lara und Juan, die sich angeregt unterhielten. Die Stimmung lockerte sich, was nicht zuletzt auch an dem Wein lag, den Louis entkorkt hatte und den Gästen stetig nach schenkte, wenn das Glas fast leer war. Melly und Juan waren zu betrunken um nach hause zu fahren. Lara richtete ihnen eilig das Bett im Gästezimmer, aus dem, nach dem sie die Tür geschlossen hatten merkwürdige Geräusche drangen, dass Lara und Louis sich im Bett fragten, ob sie zwei Affen im Nachbarraum hatten. Lara wurde am Morgen als erste wach, weil Chili ihr unsanft ihre kalte Schnauze ins Auge steckte. Verschlafen öffnete auch Louis seine Augen, um zu sehen was passiert war machte aber nach abchecken der Lage die Augen wieder zu und zog die Decke über den Kopf. Leise stand Lara auf, nahm ihre Sachen und verschwand im Bad.

Als sie frisch zurecht gemacht aus dem Bad kam lag ihr Haus immer noch in morgendlicher Ruhe. Sie öffnete die Wintergartentür, um die Hunde in den Garten zu lassen und um den Alkohol-Mief, aus den Räumen zu bekommen. Sie räumte das Geschirr und die Gläser auf. Wusch ab und deckte den Frühstückstisch. Die Hunde waren wieder im Haus und Lara beschloss geschwind zum Bäcker zu fahren, um frische Brötchen zu holen. Sie war überrascht, als sie heim kam und alle schon am Tisch saßen. „Na? Hab ihr gut geschlafen?" Fragte sie Melly und Juan gut gelaunt, die zerknautscht und verkatert am Tisch saßen. „Geht so", gab Melly knapp zurück. Lara und Louis besprachen, was sie heute vor hatten, während die anderen Beiden kaum aus den Augen sehen konnten. Nach zwei weiteren Tassen Kaffee, die Louis heute trank, was Lara ziemlich ungewöhnlich fand, machte er sich auf den Weg zum Revier. Melly war mittlerweile auch wacher und begann ihre beste Freundin über Anja auszuquetschen. „Was hast du für ein Problem mit ihr?" Fragte Lara echt genervt von den Sticheleien ihrer Freundin gegen Anja. „Ich hab mich ein bisschen informiert", bemerkte Melly wichtig. Lara schüttelte abwertend den Kopf, wollte sich aber trotzdem anhören was sie ihr zu berichten hatte:
„Anjas und Nils Vater ist angeblich vor einigen Jahren bei einem Tauchunfall, am Great Barriereff ums Leben gekommen. Ihre Mutter ist zwei Jahre danach gestorben. Die Kinder haben den Hof mit samt der Schulden und Probleme geerbt", trug Melly eindrucksvoll vor.

„Und meine Liebe? Meinst du sie wollen an mein Gold, oder an meine Diamanten?" Fragte Lara ironisch. „Nein. Jetzt warte doch, ich war noch nicht fertig! Dieses Haus hat mal Anjas und Nils Großeltern gehört. Die auch den Stall oben angebaut haben", sagte Melly und war sicher das Lara nun alles klar sei wie ihr, doch mit Fragezeichen in den Augen, sah Lara sie an und hoffte wartete auf die Erklärung. „Mensch Lara du hockst schon wieder auf der Leitung! Is` doch klar die wollen dein Haus!" Sagte Melly dramatisch und riss dabei die Augen weit auf. Lara prustete los. Sie kriegte sich gar nicht mehr ein vor lachen. „So ein Quatsch!" Versuchte Lara ohne wieder los zu lachen zu sagen.
Melly fühlte sich nicht im geringsten ernst genommen. „Ok, Ok, also die Beiden wollen mein Haus und aus diesem Grund haben sie meinen Vater entführt, die Frau ermordet und den Stall abgefackelt?" Versuchte Lara ernst zu fragen. „Ja!" Stimmte Melly zu. Lara konnte sich das absolut nicht vorstellen, hörte sich aber trotz allem, die ausführlichen Einwände ihrer Freundin an, die immer absurdere Theorien hervorbrachte. Nach einer Stunde qualmte ihr der Kopf. Fieberhaft überlegte sie womit sie sich raus reden konnte, um Melly`s Theorien zu entfliehen. Juan schien mit offenen Augen zu schlafen und Lara beneidete ihn, weil er nichts sagen musste und sich fein raus halten konnte. Als Melly eine kurze Pause machte und einen Schluck Saft nahm, nutze Lara den Moment sprang von Stuhl auf und sagte während dem raus laufen, dass sie dringend die Waschmaschine anstellen musste.

Sie hörte wie Juan etwas zu Melly sagte, die nach wenigen Minuten neben Lara an der Waschmaschine stand und ihr mitteilte das sie endlich heim gingen. Ja Melly war ihre allerbeste Freundin die sie je hatte und das seit einigen Jahren, aber manchmal gab einfach Momente wo es genug war, aber Melly keinen Millimeter nach gab und Stur auf ihrer Meinung beharrte. Lara nahm ihr das aber nicht wirklich übel, sie war ja manchmal keinen Deut besser und im Grunde verstand sie Melly`s Reaktion, wenn es sie auch jetzt gerade nervte. Lara erwischte sich dabei das sie Anja durch dieses ganze Gerede auf einmal anders betrachtete und versuchte von diesen wirren Gedanken runter zukommen, aber es ließ sie nicht los. Als sie Anja im Stall traf versuchte sie beiläufig auf das Thema Eltern. Sie schien den richtigen Nerv getroffen zu haben. Bis ins Detail erzählte Anja von dem Tauchunfall. Den Problemen nach dem Tod ihres Vaters und dem Tod der Mutter.
Ja, Anja schien sogar froh zu sein das mal alles los werden zu können. Für Lara stand nun Hundert Prozentig fest das Melly`s Theorien und Zweifel damit zerschlagen waren.
Beim Abendessen berichte sie Louis über die absurden Verdächtigungstheorien, mit denen sie beim Frühstück bombardiert wurde.
„Das war doch gestern Abend nicht anders! Und ihr kleiner, schmächtiger Flamencotänzer saß Teilnahmslos daneben. Ich hab ihr gesagt das sie nur Eifersüchtig ist", bestätigte er Lara.
„Und wie eifersüchtig!", fügte Lara eigentlich geschmeichelt hinzu.

Es war kurz vor Mitternacht. Louis schlief friedlich auf dem Sofa. Chili streckte sich und lief zur Wintergartentür. Sie stand auf, um die Hunde noch einmal in den Garten zu lassen.
Aus welchem Grund auch immer, zog Lara sich ihre Turnschuhe an und ging mit raus in den Garten. Sie atmete tief die kühle, frische Nachtluft ein. Einen kurzen Moment später merkte sie, dass Chili stramm drei Meter vor ihr stehen blieb, die Haare stellte und leise begann zu knurren. Blitzartig bückte Lara sich und schlich zu Chili Die Rottweiler standen da wie Statuen und blickten in die selbe Richtung wie Chili Sie legte ihre Hand auf Chilis Rücken und spürte wie das Herz ihrer Hündin raste. Langsam schlich Lara gebückt zum Stall, dicht an der Hecke des Gartens.
Irgendwas bewegte sich. Ein Tier? Oder war das ein Mensch. Hinter dem kleinen Sattelkammerhäuschen, ein paar Meter vor den Resten des Stalls, blieb sie angespannt stehen. Dicke Wolken bedeckten den Mond, dass man kaum etwas sehen konnte, obwohl sich Laras Augen bereits an die Dunkelheit gewöhnt hatten. Ihre Gedanken fuhren Achterbahn. Was mach ich jetzt? Wer ist das? Ein Stock! Ich brauch einen Stock, oder irgendwas anderes!
Überlegte sie panisch. Bis Louis an der Sattelkammer angekommen war, sprang Lara schon auf und rief: „Hey! Was machen sie da?"
Erschrocken versuchte die Gestalt zu fliehen, als sie zu Chili nur ein kurzes „Fass",
sagte und die Hündin die wie der Blitz los sprintete, um den Eindringling zu schnappen.

Louis rannte hinterher und packte die Person nachdem Chili sie gestellt hatte. Er hatte den Mann fest im Griff und zog ihm die Kapuze vom Kopf. „Wer bist Du? Was suchst du hier?" Fragte Louis in einem aggressiven Ton, wie Lara es von ihm so noch nicht gehört hatte. „Geh runter! Nimm mein Handy und ruf Rudi an!" Wies er sie streng an. Eilig rannte sie zum Haus zurück, schnappte sein Handy und suchte Rudis Nummer. Zwanzig Minuten später traf Rudi mit einem Streifenwagen bei Lara ein. Louis erklärte was geschehen war und übergab den Mann, der immer noch nichts gesagt hatte, an seine Kollegen die ihn aufs Revier brachten. Nach dieser Aufregung konnten Beide nicht schlafen. Sie nickten zwar immer wieder ein, doch das kleinste Geräusch ließ sie wieder hell wach sein. Um halb acht rief Louis Rudi an, um nachzufragen wer der Typ nun war und ob sie was aus ihm heraus bekommen hatten. Frustriert legte er das Handy neben sich auf den Tisch und berichtete Lara, dass der Mann weiterhin schwieg, seine Fingerabdrücke nicht registriert waren, er keinen Ausweis bei sich hatte und es ansonsten nichts Neues gab. „Auf! Komm! Wir gehen hoch zum Stall!" Forderte Lara ihn auf. Chili schnüffelte aufgeregt an der Stelle wo der Typ anscheinend gestanden hatte. Sie erzählte Louis das der Stall und das Haus von Anjas und Nils Großeltern erbaut wurde. „Meinst Du jetzt auch das die Beiden was damit zu tun haben? Bisher gibt es keine Anhaltspunkte in diese Richtung,

außer das dieses Grundstück mal ihren Großeltern gehört hat" Erläuterte Louis sachlich. „Weiß ich. Meinst du wir finden beim Grundbuchamt alte Pläne von diesem Grundstück? Vielleicht geht es gar nicht um meinen Vater, sondern um dieses Grundstück? Vielleicht liegt hier ein Schatz, oder irgendwo ist eine Leiche vergraben". Scherzte Lara. Sie bog die angekohlten Holzlatten zur Seite, aber außer verkohltem Dämmmaterial war dahinter nichts. „Lass Lara! Ich werde noch mal ein Team der KTU herschicken, die sollen sich doch noch mal umsehen. Das mit den Plänen werde ich prüfen", fügte Louis hinzu und gingen zurück zum Haus, wo er sich gleich an den Laptop setzte und nach den Plänen suchte. „Müssen wir nicht ins Stadtarchiv um nachzusehen?" Fragte Lara, die den Kopf auf seine Schulter gelegt hatte und zuschaute wie er sich von Seite zu Seite klickte. „Ich glaub du hast recht. Ich dachte das ich die Pläne im Onlinearchiv finde, aber entweder der Plan ist sehr, sehr alt, oder es gibt keinen", sagte Louis pessimistisch. „Also los! Fahren wir!" Fügte er hinzu, fuhr den Laptop runter und schlüpfte in seine Jacke. „Ah, darf ich mitkommen?" Fragte Lara schmunzelnd, als er ihr den Autoschlüssel vor die Nase hielt.
Ein älterer Herr, führte die Beiden in die Katakomben des Stuttgarter Stadtarchivs und wies sie eindringlich darauf hin, ja nichts durcheinander zubringen, oder gar ohne zu fragen etwas mitzunehmen.

„Vor einigen Monaten war hier schon mal ein junger Polizist, der sich irgendwelche Pläne ansehen wollte. Sie können sich gar nicht vorstellen, was für ein Chaos der hinterlassen hatte. Es hat fast eine Woche gedauert, bis ich alles wieder sortiert hatte", erklärte er Lara und Louis streng. Es dauerte eine ganze Weile bis sie sich zwischen diesen ganzen, riesigen Papierrollen zurechtfanden, aber als beide das scheinbar wirre System durchschaut hatten, dauerte es keine fünf Minuten mehr und Lara hielt das gesuchte Stück Papier in Händen. Kritisch beäugten die Beiden die Papierrolle. „Lillienhof" stand in dicken Buchstaben unter der Baugenehmigungsnummer. "Irgendwas stimmt hier nicht! Siehst du die unterschiedlichen Schriftarten und Zahlen? Entweder ist etwas geändert und hinzugefügt worden, oder das ist nicht das Original", bemerkte Louis. Sie sahen noch einen weiteren Berg Papiere durch, aber es gab keinen weiteren Plan von ihrem Haus. Bevor der ältere Herr um die Ecke bog, hatten sie schon die Papierrollen zurück in die Regale geräumt. "Können wir den Plan hier kopieren?", fragte Louis bevor der Herr zu Wort kommen konnte. Louis und Lara mussten drei Formulare ausfüllen und unterschreiben, bevor der ältere Herr gemächlich in sein Büro ging und den Plan kopierte. Der nächste Weg führte sie direkt zu Frau Dr. Moritz die sich das Papier sofort vor nahm. „Obwohl sie ja eigentlich genau wissen Herr Bernard, dass ich es hasse wenn sie mit Kopien hier ankommen, kann ihnen aber diesmal gleich sagen das dieser Plan auf keinen Fall ein

Original ist! Manche Zahlen sind aus den frühen dreißiger Jahren, dass ist ganz eindeutig, schauen sie! Solche Zahlen von Druckmaschinen wurden nur bis zum Krieg verwendet.
Die anderen sehen aus, wie aus den Siebzigern, könnte aber auch schon aus den sechzigern sein. Hätten sie das Original mitgebracht, könnte ich das untersuchen. Aber auf dieser Kopie kann man erkennen das sowohl die Stallungen als auch der Heuschuppen ursprünglich weiter links geplant waren, aber wie gesagt, das ist kein Original also will ich auch nicht weiter Mutmaßen!" Frau Dr. Moritz wies Lara und Louis daraufhin das im alten Schlosskeller Dokumente aufbewahrt wurden, die aus den Jahren vor 1945 stammten und die beiden dort mal nach sehen könnten, ob dort nicht das Original zu finden war. „Dein Vater muss doch irgendwelche Papiere von den Haus haben, oder?" Fragte er, während Lara sich den Weg durch den Stuttgarter Morgenverkehr bahnte. „Nicht das ich wüsste. Aber weißt du, wenn ich jetzt darüber nachdenke, kommt es mir schon komisch vor. Ich mein wer verschenkt einfach so sein Haus?" Sprach Lara in Rätseln. „Was meinst du?" Fragte Louis nach. „Als mein Dad und Susan sich scheiden ließen, hatte ich schon meine eigene Wohnung. Dad ging es damals ziemlich schlecht, viele Nächte lang saßen wir zusammen und haben uns unterhalten oder einfach schweigend nebeneinander gesessen.
Zwei Monate ging das mehr, oder weniger gut.

Er tat mir leid. Es ist ja mein Vater, ich konnte ihn nicht einfach raus schmeißen. Den einen Tag komm ich nach hause. Dad war nicht da, dafür lag ein Haufen Papiere auf dem Tisch. Oben drauf ein Zettel, auf dem er mir kurz notiert hatte, wenn ich will soll ich diese Schenkung annehmen und im nächstem Monat könnten wir schon, in ein Haus mit Garten und Pferdestall umziehen. Mir hat er erzählt, dass das Haus wohl schon länger im Besitz unserer Familie ist, er aber auf Nummer sicher gehen wollte das Susan ihm im Fall einer Scheidung, nicht das Haus weg nimmt und aus diesem Grund er auch nie von dem Haus erzählt hatte. Ich fand das damals total logisch und was hätte mir in diesem Moment besseres passieren können? Ich war gerade 21 und wollte mich selbständig machen, da konnte ich jeden Cent gebrauchen", erklärte Lara fast schon entschuldigend.
„Du brauchst dich doch nicht entschuldigen. Ich bin doch auch nicht besser", sagte er schmunzelnd und machte eine kurze Pause bevor er hinzu fügte: „Fakt ist der Plan ist geändert worden, von wem und warum sollten wir nun raus finden". Im Schlosskeller wurden die Beiden von einer netten älteren Dame, in das Büro eines Herrn Seidel geführt, wo sie gebeten wurden, sich zu setzten. Ein paar Minuten mussten sie warten, bis sich ein schlanker, Solarium gebräunter Mann, etwa Anfang vierzig, vor Lara und Louis setzte. „Was kann ich für sie tun?" Fragte er freundlich, nachdem sie sich vorgestellt hatten.

Lara erklärte ihm knapp das sie nach den Originalplänen von ihrem Haus suchte und er mit Sicherheit derjenige war, der ihr weiter helfen konnte. Herr Seidel fühlte sich sichtlich geschmeichelt. Louis gefiel es ganz und gar nicht, wie dieser Typ mit Lara flirtete, aber tapfer biss er sich auf die Zunge. Als Lara ihm sagte, um welches Haus und Straße es sich handelte, schienen bei ihm die Glöckchen zu läuten.
„Warten sie mal! Es ist keine drei Wochen her, als wir uns in einer Sitzung des Historien Vereins, über alte Bauten die zu Zeiten des Kriegs erbaut wurden, unterhalten haben und da ging es auch um jenes Grundstück", sagte Herr Seidel aufgeregt und begann zu suchen.
Zuerst durchwühlte er seine Schubladen. Danach nahm er die beiden Papierhaufen, die sich auf einem Regal, hinter ihm türmten, auseinander. „Das gibt's doch nicht! Ich weiß ganz genau das es hier war", murmelte er vor sich hin, während immer wieder ein Papier auf den Boden schwebte. „Da! Ich hab's! Sehen sie, das ist das Grundstück. Hier oben ist eine Art Luftschutzkeller eingelassen. Vermutlich ist er im Laufe der Jahre etwas abgesackt", erklärte Herr Seidel aus der Puste und zeigte mit dem Finger, auf ein eingezeichnetes Quadrat. „Man kann es etwas schlecht erkennen, weil das so zu sagen nur die Kopie, von der Kopie, von der Kopie ist. Die Originale sind wie vom Erdboden verschluckt", fügte er immer noch Atemlos hinzu.

„Wenn ich das richtig sehe, dann ist das die gleiche Stelle, an der jetzt dein Stall steht", bemerkte Louis. Eilig verabschiedete er sich von Herr Seidel, der etwas vor den Kopf gestoßen schien, das Louis es auf einmal so eilig hatte, sein Büro zu verlassen. Beide verkniffen sich etwas zusagen, bis sie wieder im Auto saßen und Lara den Motor startete. Sie wollten gleichzeitig was sagen, doch sie ließ ihm den Vortritt.
„Musstest du diesen Typ so an flirten? Der hat ja schier einen Herzinfarkt gekriegt beim suchen", blaffte er sie an. Lara musste grinsen:
„Als wenn der wegen mir einen Herzinfarkt gekriegt hätte, außerdem hat er mich an geflirtet", war ihre Reaktion auf Louis Eifersucht.
„Siehst du genau das mein ich! Egal was du sagst, oder machst, versuch ich dich immer ernst zu nehmen, auch wenn das manchmal ausgesprochen schwierig ist! Und du? Du lachst mich aus!" Murrte Louis sie eingeschnappt an. Lara hielt an der roten Ampel und legte ihre Hand auf seinen Nacken. "Ach, komm! Du weißt doch wie ich bin! Natürlich nehm` ich dich ernst! Außerdem find ich's süß, wenn du mal eifersüchtig bist, was ja auch nicht allzu oft vor kommt", versuchte sie ihn zu besänftigen, doch mit ihren letzten Worten, hatte sie schon wieder zu viel gesagt. „Das sagt die Richtige! Mir könnte `ne nackte Frau auf dem Schoß sitzen und dich würd's nicht jucken", gab er patzig dazu. „Ist doch gar nicht wahr! Nur muss man das immer offen zeigen?" Antwortete sie, jetzt auch lauter.

„Nein, muss man nicht, ist doch meine Rede!"
Sagte Louis immer noch patzig. „Warum streiten wir dann?" Fragte Lara ruhiger. „Weil du mich gerade an gekotzt hast", sagte er nun schon wieder schmunzelnd. „Wir zwei sind schon ganz schön dämlich!" Fügte sie hinzu. „Deshalb passen wir
ja so gut zusammen", ergänzte Louis.
Noch bevor sie Zuhause waren, hatte er seine Kollegen von der KTU verständigt, die eine gute halbe Stunde später, mit schwerem Gerät anrückten. Vom Stall war sowieso nichts mehr zu retten, deswegen tat es Lara auch nicht wirklich leid, als sie dabei zusah, wie aus ihrem Stall Kleinholz gemacht wurde und das was nicht von Bedeutung war in einem großen Container verschwand. Gespannt beobachteten sie, wie Schicht für Schicht in einem großen Container verschwand, bis einige Stunden später alles abgetragen war. Ein in weiß gehüllter Beamter, schritt mit einem Laptop auf dem Arm, über den kahlen Stallgrundriss. „Ja! Da ist was!" Rief er nach einigen Schritten. Es dämmerte bereits das Abendrot. Vier Beamte begann die harte Erde auszuheben. Zwei andere stellten große Scheinwerfer auf, um genügend Licht zu haben. Es dauerte zwei weitere lange Stunden, bis endlich der Eingang des Luftschutzkellers frei gelegt war. Mit einem Brecheisen hebelten sie die Tür auf. Ein ekelhafter Gestank verpestete die frische Abendluft, nachdem sie die Tür geöffnet hatten. Rudi sah zu Louis rüber.
Die Beiden wussten sehr genau, wo nach es hier roch.

Mit Mundschutz, Handschuhen und Taschenlampe, stiegen zwei Beamte in das Dunkel hin ab. „Kommt ihr mal!" Rief einer der Beiden nach kurzem. Louis und Rudi zogen sich einen Schutz über die Schuhe, Handschuhe und einen Mundschutz an.
Langsam verschwanden auch sie, im Dunkel des Luftschutzkellers. Als sie nach kurzer Zeit wieder raus kamen, tuschelten sie etwas. Rudi nahm sein Handy zur Hand und rief jemanden an. Louis kam zurück zu Lara und versuchte vorsichtig zu umschreiben, das sie so eben zwei verweste Leichen gefunden haben. Um so länger sie darüber nachdachte, um so gruseliger kam es ihr vor, das sie Jahre lang auf zwei Toten rum gelaufen war. Bis nach ein Uhr waren Beamte an dem Fundort der Leichen zu Gange. „Das ist dann also die nächste Nacht in der wir nicht schlafen kommen!" Bemerkte Lara, als sie im Haus waren und sich auf das Sofa sinken ließen. Es dauerte mehrere Tage bis die Untersuchungen in Laras Garten abgeschlossen waren. Für die Kriminaltechniker und Pathologen begann nun die schwierige Arbeit, des Spuren Auswertens. Wer die beiden Leichen in dem Luftschutzkeller waren, konnten sie nicht feststellen, aber man konnte sagen, das es sich um eine Frau und ein Mann, beide etwa Ende dreißig, Anfang vierzig, handelte. Die Pathologen schätzten, das die Leichen mindestens schon zwanzig Jahre, in dem Versteck lagen, vielleicht auch länger.

Es wurden eine Reihe von weiteren, aufwendigen Test angeordnet, um die wirkliche Todesursache und Lagezeit raus zu finden, was mehrere Wochen in Anspruch nehmen konnte.
Die ersten Zwei Tage hatte sie ein mulmiges Gefühl, so bald sie auf Anjas und Nils Hof fuhr, aber die Beiden waren wie immer freundlich und aufgeschlossen, das Laras Zweifel schnell zerstreut wurden, das sie doch etwas mit all dem zu tun hatten.
Der Leichenfund lag nun schon über sechs Wochen zurück. Irgendwie hatte sich der Alltag wieder eingeschlichen und allmählich normalisierte sich alles, wie es halt so normal sein kann nachdem verschwinden von ihrem Dad, dem Brand und zur Krönung der Leichenfund. Louis wurde mitten in der Nacht von Rudi zu einem Einsatz gerufen und stolperte, das es nicht zu überhören war, aus dem Bett. Lara konnte nach diesem Gepolter nicht mehr einschlafen, also beschloss sie sich auch anzuziehen, einen Kaffee zu trinken und dann zum Stall zu fahren. Warum auch immer dachte sie, es sei schon viel später. Im Auto merkte sie, das er erst fünf Uhr war. Was soll's dachte sie sich, ich kann ja schon mal die Ställe misten. Wie gewohnt parkte sie ihr Auto, ließ Chili raus und ging runter zum Stall. Auf dem Weg zum Stall, kam sie an dem Wohnhaus der Geschwister vorbei, in deren Küche, im Erdgeschoss das Licht brannte. Für einen kurzen Moment überlegte Lara ob sie klopfen sollte.

Da hörte sie plötzlich die Stimmen der Beiden. „Nils hör endlich auf! Ich kann's nicht mehr hören! Außerdem können die uns überhaupt nichts nachweisen, sonst wären die doch schon lang da gewesen!" Hörte sie Anja ungewohnt wütend sagen. „Warum redest du nicht endlich mal mit Lara?" Fragte Nils ruhig. Sie wartete aufgeregt auf eine Antwort von Anja, aber es kam nichts. Sie hörte nur Geschirr und Besteck klappern, außerdem kam in ihr die Angst hoch entdeckt zu werden und schlich leise mit Chili zum Stall, wo sie das Licht an machte.
Nougat und Lapis hörten gut wer da kam und wieherten zum Gruß. Lara holte eine Schubkarre und eine Mistgabel und begann Lapis Stall auszumisten. Sie fuhr die erste schwer beladene Schubkarre zum Misthaufen. Weit und Breit war nichts von Anja und Nils zu sehen. Wie mechanisch machte sie weiter, dachte aber nur an das, was sie so eben gehört hatte. Also waren Melly`s Vermutungen vielleicht doch wahr? Erst als sie mit Nougats Stall fertig war, kam Anja um die Ecke gebogen und war sichtlich überrascht, sie zu so früher Stunde schon hier auf dem Hof zu sehen. „Hallo Lara! Guten Morgen! Wer hat dich den so früh aus dem Bett geschmissen?" Fragte Anja fröhlich, aber sichtlich überrascht. Etwas verlegen berichtete sie von Louis Nächtlichem Einsatz und das sie viel zu wach gewesen war, um weiter zu schlafen. Lara steckte voller Tatendrang und machte gleich bei der nächsten Box weiter.

Anja lobte ihren Einsatz und bedankte sich so oft, das sie es gar nicht mehr hören konnte.
Sie hatte nur noch zwei Boxen vor sich, als Nils mit dem Futterwagen in die Stallgasse fuhr. Lara fiel auf das Anja ihm offensichtlich schon gesagt hatte, das sie hier zu Gange war, den er schien nicht im geringsten so überrascht zu sein, wie seine Schwester vorhin. Natürlich bedankte auch er sich für ihre Hilfe, allerdings konnte sie deutlich spüren, das er lange nicht so gelassen war, wie Anja. Eilig ging er weiter die Pferde füttern, das sie gar nicht die Möglichkeit hatte, ihn zu fragen, ob alles in Ordnung sei.
Wie es der Zufall so wollte, kam ein Bus mit zwölf Sesselfurzern, wie Laras Dad sie genannt hätte, vorgefahren, die einen geführten Ausritt machen wollten. Das hieß für Anja, das sie jetzt rann musste, um die zahlenden Gäste zufrieden zustellen. Lara blieb noch einige Zeit im Stall, allerdings kam jedes mal irgendwas, oder irgend jemand dazwischen, wenn sie Nils gerade traf und ihn fragen wollte, was heute mit ihm los war. Es war schon elf, als Anja mit der Gruppe von dem Ausritt zurück kam. Lara nahm sich vor, beim nächsten mal mit Nils zu sprechen, packte Chili ins Auto und fuhr spontan, obwohl sie nach Pferd stank, wie Melly zu sagen pflegte, zu ihrer Freundin. Wie sie erwartet hatte, wurde sie von ihr auf dem Balkon platziert, damit nicht die ganze Bude nach Pferd stinkt.
„Willst du was trinken?" Rief sie Lara zu, die zufrieden, diese Ruhe und warmen Sonnenstrahlen genoss.

Mit einem großen, voll geladen Tablett, kam Melly zurück und setzte sich ihr gegenüber. „Lara du stinkst!" Kommentierte Melly ungefragt und mit angeekelt, gerümpfter Nase. „Es mag halt nicht jeder drei Parfums übereinander aufsprühen", gab sie scharf zurück, mit der Anspielung auf Melly`s Tick, immer mehrere Parfums übereinander aufzutragen. „Bist du immer noch sauer?" Schob Lara nach.
„Nein, bin ich nicht. Ich trau der einfach nicht, Okay?" Antwortete Melly und begann im Anschluss von Juan`s Tanz und anderen Künsten zu schwärmen. Lara überlegte, ob sie ihr davon erzählen sollte, was sie heute früh im Stall gehört hatte, verwarf diesen Gedanken aber wieder, weil sie wusste das Melly sagen würde, das es ihr klar war, das Anja Dreck am Stecken hat. Außerdem hatte sie viel zu wenig, von dem Gespräch der Geschwister mitbekommen, um daraus irgend etwas schließen zu können. Nach diesem Plausch, bat Melly Lara sie mit in die Stadt zunehmen, weil sie dringend in Juans Tanzschule musste, um ihm bei den anstehenden Vorbereitungen, für die Eröffnung zu helfen. Bevor Melly in der Kronenstraße Ausstieg, sah sie ihre Freundin an und fragte: „Ist alles in Ordnung? Du machst heute so einen bedrückten Eindruck?" Sie lächelte und wiegelte elegant ab, das nichts besonderes sei, sie nur viel zu wenig geschlafen hatte. Melly gab sich heute mit dieser Antwort zufrieden und verabschiedete sich überschwänglich. Sollte sie jetzt bei Louis vorbeifahren?

Sie war ja ganz in seiner Nähe, entschied sich aber doch, erst mal heim zu fahren und unter die Dusche zu hüpfen. Lara hörte den Anrufbeantworter ab, der wild blinkte, das er neue Nachrichten hatte. Mit einem Stift und Notizblock bewaffnet, hörte sie sich die Nachrichten an. „Erste Nachricht. Heute neun Uhr, acht: Hi Lara, bist du nicht da? Kannst dich mal melden, wenn du zurück kommst!" Hörte sie Melly`s Stimme sagen. „Zweite Nachricht. Heute elf Uhr, drei: Hallo Lara! Svenja hier, bitte ruf mich zurück! Es ist dringend!" Die Nächsten Anrufer hatten aufgelegt, aber eine Nachricht war noch übrig: „Hallo? Lara? Bist du da? Lara? Geh schon dran! Ich ruf nachher noch mal an", das war ihr Dad! Sie hörte sich ein paar mal hintereinander die Nachricht an und konnte es kaum fassen, nach dieser gefühlten Ewigkeit seine Stimme zuhören. Insgeheim hatte sie damit gerechnet, das er nicht mehr am Leben ist. Sie hätte die ganze Welt umarmen können, auch wenn das noch lange nicht, des Rätsels Lösung war, war sie unheimlich erleichtert, ein Lebenszeichen von ihrem Vater bekommen zu haben. Vorsichtshalber löschte sie die Nachricht.
Sie wusste genau, wenn ihr Dad zurück kommen würde, das Louis ihn festnehmen musste, weil er ja immer noch dringend Tatverdächtig war, diese Frau ermordet zu haben. Plötzlich fiel ihr ein, das sie Svenja zurück rufen sollte und wählte eilig ihre Nummer. „Gut das du dich meldest!

Können wir uns nachher treffen?" Hörte Lara sie kurz angebunden fragen. Sie verabredeten sich für halb sechs, im Café Schlossblick.
Ihr Kopf qualmte. Was war den heute los? Erst Anja und Nils, dann ihr Vater und jetzt auch noch Svenja, die unheimlich geheimnisvoll getan hatte, bei ihrem Telefonat. Sie ging extra früher los, packte alle Hunde ins Auto und hoffte, das Louis nicht gleich um die Ecke gebogen kam und fragte wo sie hin wollte. An einem Feldrand parkte sie ihr Auto und ließ die Hunde raus.
Sie setzte sich in den offenen Kofferraum und beobachtete ihre Drei, wie sie ausgelassen herum tollten. Irgendwo im Hintergrund klingelte ein Handy, bis Lara darauf kam, das es ihr's war, aber es hatte schon aufgehört zu klingeln.
Sie hatte jetzt keine Lust aufzustehen, sie wusste das Louis war der angerufen hatte. Keine fünf Minuten später klingelte es erneut, sie nahm das Handy, stellte die Rufumleitung ein und steckte es in ihre Jackentasche.
Nach einer entspannenden halben Stunde, machte sie sich auf den Weg zum Café Schlossblick. Sie hatte gerade den zweiten Milchkaffee bestellt, als sie Svenja kommen sah. Sie sah besorgt aus und setzte sich gehetzt zu ihr. Wie verfolgt sah sie sich in alle Richtungen um.
„Geht's Dir gut?" Fragte Lara leise. „Ich weiß wo dein Vater ist", gab sie leise zurück.
„Ich hab aus zuverlässiger Quelle erfahren, das sie heute Nacht deinen Vater am Frankfurter Flughafen festgenommen haben, nachdem er aus dem Flieger ausgestiegen ist, der aus London kam", ergänzte sie geheimnisvoll.

Jetzt wunderte sie sich nicht mehr, warum Louis heute Nacht raus musste, aber warum hatte er ihr nicht Bescheid gegeben? Er wusste doch genau, wie wichtig es ihr war zu wissen wo ihr Vater ist. Sie wäre am liebsten auf der Stelle aufgesprungen und zum Polizeirevier gerannt. Warum bin ich den nicht vorhin vorbeigefahren, als ich Melly in der Kronenstraße abgesetzt hab? Grübelte sie. Svenja sah sich ständig zu allen Seiten um, als würde sie jemand verfolgen. „Svenja ich weiß gar nicht, wie ich dir danken kann!? Aber du verstehst bestimmt, dass ich so schnell wie's geht zum Revier will!" Bedankte und verabschiedete Lara sich von ihr, legte einen zehn Euro Schein unter das leere Glas und ging eilig zu ihrem Auto. Als sie sich anschnallte, fiel ihr auf, das Louis ja vorhin versuchte hatte sie zu erreichen. Vielleicht wollte er ihr Bescheid sagen.
Lassen wir es auf einen Versuch ankommen, dachte sie und wählte seine Nummer.
Als sie seine Stimme hörte schien er erleichtert zu sein, endlich was von ihr zuhören.
Er fragte wo sie war und warum er sie vorhin nicht erreichen konnte. Danach bemerkte er fast Beiläufig, das er noch auf dem Revier sei und es wohl noch eine Weile dauern würde, bis er heim kam. Denkste, dachte Lara sich, nachdem sie das Handy zurück in ihre Jackentasche gesteckt hatte. Wenn sie zu Fuß gegangen wären, hätte sie vermutlich sehr viel Zeit gespart und wäre wesentlich schneller am Polizeirevier angekommen, als mit dem Auto. Eilig schloss sie die Autotür ab und sprintete in das Polizeirevier.

Ohne anzuklopfen stürmte sie, wie eine Dampfwalze in Louis Büro, der mit Rudi vor einem großen Plakat stand und erschrocken zur Tür sah. „Wo ist mein Vater?" Fragte sie total aus der Puste. Louis wollte sie eigentlich fragen, woher sie das wusste, aber Rudi unterbrach ihn barsch: „Wir werden dir dann schon Bescheid geben, wenn du ihn sehen kannst!" Pfiff er Lara an, die im Moment überhaupt keine Lust hatte, zu diskutieren. „Jetzt sag ich dir mal was! Wenn mich jetzt nicht auf der Stelle, einer von euch zu meiner Vater bringt, dann flipp ich hier gleich voll aus. Seit mehreren Monaten warte ich auf ein Lebenszeichen von meinem Vater und hatte schon damit gerechnet das er tot ist, aber du willst mir ja Bescheid geben? Ich sag dir was: Bescheid!" Fauchte sie ihn wütend an. Bevor Rudi zurück schlagen konnte, der offensichtlich einen schlechten Tag hatte, griff Louis schon ein und führte sie aus dem Büro. „Wenn du das machst...", versuchte Rudi ihm zu drohen. Es war ihm egal, er konnte seine Lara nicht länger leiden sehen. Sie war total nervös und zittrig, als Louis die Zelle von einem Kollegen auf schließen ließ. Zerknirscht sah ihr Dad auf und konnte es kaum fassen seine Tochter zu sehen und in die Arme zu schließen. Der Beamte wollte dazwischen gehen, aber Louis hielt ihn zurück. „Man Papa, ich hab mir solche Sorgen gemacht!" Sagte sie und versuchte sich angestrengt, das Heulen zu verkneifen. „Es wird sich alles klären mein Kind, es wird sich klären!" Versuchte er Lara zu beruhigen.

Plötzlich standen Schweini und Rudi neben Louis, die ausdrücklich befahlen, das sie jetzt gehen mussten. Eilig holte er seine Jacke aus dem Büro und wollte gerade mit Lara gehen, als er von Schweini gerufen wurde, kurz rüber zu kommen. Schweini sprach so leise das sie nichts verstehen konnte, sie konnte nur sehen, wie Louis regungslos da stand und sich an hörte, was Schweini ihm zu sagen hatte. „Gehen wir! Schnell", knurrte Louis ihr ins Ohr. Auf der Heimfahrt dachte sie keine Sekunde an Rudi, oder Schweini, sonder war einfach nur aufgedreht und fröhlich, das ihr Vater da und am Leben war. Lara kam ein paar Minuten vor Louis Zuhause an, der mit steifer Mine ins Haus ging. „Was ist den? Jetzt freu` dich doch ein bisschen!" Tänzelte sie um ihn rum und steckte damit die Hunde an, die mit ihr im Kreis um Louis liefen. Ohne ein Wort zu sagen ging er in Laras Zimmer. Sie ging ihm nach und setzte sich neben ihn aufs Bett. „Soooo schlimm?" Fragte sie behutsam, beugte sich vor und sah ihm direkt in seine tiefbraunen Augen. „Nein, geht schon", gab er knapp zurück. „Okay, dann guck ich dich jetzt solange an, bis du mir sagst, was mit dir los ist", sagte Lara provozierend und beugte sich noch ein Stück vor, das sie fast vom Bett fiel. „Tu mir einen Gefallen, lass mich einfach ein paar Minuten in Ruhe, okay?" Sie fühlte sich von ihm vor den Kopf gestoßen, akzeptierte aber, das er allein sein wollte und ging mit den Hunden in den Garten.

Als sie vor dem leeren Platz stand wo mal der Stall war, überlegte sie sich ob sie den Stall wieder neu aufbauen sollte, aber andererseits fand sie es unheimlich praktisch, das Nougat und Lapis bei Anja und Nils untergebracht waren. Klar musste sie etwas mehr zahlen, aber dafür musste sie nicht jeden morgen um fünf raus, um die Pferde zu füttern und die Ställe sauber zumachen. Sie setzte sich am oberen Ende der Koppel auf einen Baumstamm und sah zum Haus runter. Plötzlich fiel ihr auf, warum Louis so merkwürdig reagierte. Logisch ihr Dad war wieder da, das hieß für ihn zurück in seine Wohnung, oder wusste er etwas, das er ihr nicht sagte und ihm zu schaffen machte. Lara quälte sich mit Fragen, die sie ohne mit Louis zu reden, nicht beantworten konnte. In wirren Gedanken versunken sah sie zum Himmel. Auf den Bäumen um sie herum saßen die Vögel und zwitscherten munter ihr Abendlied. Aus weiter Ferne nahm sie Motorengeräusche war. Allmählich stieg die Kälte auf. Ihre Füße und ihr Hintern wurden kalt. Die Hunde erschraken kurz, als Lara wie ein Grashüpfer aufsprang und auf der Stelle hüpfte, um schnell wieder warm zu werden.
Langsam und mit einem bedrückenden Gefühl in der Magengegend, das sie sich nicht erklären konnte, ging sie zurück zum Haus. Chili lief hörbar schnüffelnd zur Haustür, das Lara sofort daraus schloss das Louis gegangen war und vermutete, vorhin sein Auto gehört zu haben. Auf dem Küchentisch lag ein Zettel mit der knappen Notiz, das er mal raus musste.

Es machte sie wütend, das er nicht mit ihr redete und einfach so verschwunden war. Was Lara nicht ahnen konnte: das Louis vor allem ihretwegen los gegangen war, um erneut die Beweise und Akten durch zugehen, weil er das Gefühl hatte, kurz vor der Lösung des Falls zu stehen. Die ganze Nacht lang wälzte er die Akten. Er sah sich noch mal alle Beweisstücke unter dem Mikroskop an. Danach studierte er die neu eingetroffenen Ergebnisse, der Gerichtsmediziner aus Freiburg, die eine aufwendige Rekonstruktion der Schädel gemacht hatten, um ein Phantombild anfertigen zu können. Lara schlief erschöpft auf dem Sofa ein, nachdem sie Dutzende male versucht hatte Louis zu erreichen. Als sie gerädert am Morgen aufwachte, schwankte sie zwischen riesiger Sorge, ob Louis was passiert war und Wut. Wut, das er sie einfach so in den Seilen hängen ließ, ohne ein Wort. Sie versuchte noch ein paar mal vergeblich ihn zu erreichen.
„Dann eben nicht!" Sagte sie dich selbst und knallte sauer das Telefon auf den Tisch.
Als sie mit Chili im Auto saß, überlegte Lara sich, was sie nun machen sollte. Bei Melly wollte sie sich nicht die Blöße geben, das es doch nicht alles in Ordnung war, mal ganz davon abgesehen, das Melly`s Lieblingshaupt, Vor und Nebenthema im Moment Juan war. Sie sah auf die Uhr und überlegte sich, das jetzt eine gute Zeit wäre um in den Stall zugehen, ohne Anja und Nils über den Weg zu laufen, weil die Beiden mit Sicherheit beschäftigt waren. Die Boxen von Nougat und Lapis waren leer.

Lara erschrak im ersten Moment ließ, bis sie auf die Idee kam, mal auf der Koppel nach zusehen. Die Koppeln lagen etwas abseits des Hofes und wurden durch besagten Bach und eine Reihe Bäume getrennt. Sie setzt sich auf den Holzzaun. Nougat und Lapis beschnupperten sie neugierig, ob sie nicht ein Leckerli in ihrer Tasche hatte. Eine ganze Weile saß sie da und beobachtete Nougat und Lapis, wie sie genüsslich die sattgrüne Wiese abgrasten. Im Hintergrund hörte sie wie ein Auto über die Schotterstraße fuhr, die zu Anjas und Nils Hof führte.
Als Lara den vierten und fünften Wagen rein fahren hörte, drehte sie sich um und sah, wie mehrere Streifenwagen zum Hof fuhren.
Sie war neugierig und wollte wissen, was da los war. Kurz überlegte sie, ob sie sich nicht auf dem Heuboden verstecken sollte, fand es aber ziemlich kindisch sich in ihrem Alter, da zu verstecken und von dort aus zu beobachten.
So locker wie möglich versuchte sie zum Hof zu laufen. Geschäftig wuselten uniformierte Beamte über den Hof. Sofort wurde sie von einem der Polizisten bemerkt und ausgefragt, was sie hier zu suchen hatte. Während Lara die Hund ins Auto brachte erklärte sie, das sie die Freundin von Hauptkommissar Bernard war und sie ihre Pferde hier eingestellt hatte.
Ausgesprochen freizügig erzählte der Beamte ihr aus welchem Grund diese Durchsuchung fand.
Sie zweifelte an seiner Erklärung.
So ein Großaufgebot nur wegen illegalem Futterhandel? Anja nahmen sie mit.

Nils durfte auf dem Hof bleiben.
Als die Polizistenschar abgezogen war, lag eine erdrückende Stille über dem Hof, ähnlich wie es nach dem Brand war. Lara fand Nils hinter der Reithalle auf dem Zaun sitzend, der nachdenklich seinen Kopf auf die Hände gestützt hatte. Sie setzte sich neben ihn und legte ihre Hand auf seine Schulter. Mit glasigen Augen sah er sie an: „Ich hätte nicht auf Anja hören sollen. Warum hab ich nicht mit dir gesprochen? Ich bin so blöd! Jetzt verlieren wir bestimmt alles!" Schniefte Nils im Weltuntergangston. „Wieso? Was meinst du?" Fragte sie vorsichtig. „Unser Stiefbruder, der ist an allem Schuld! Seit der aufgetaucht ist vor zwei Jahren..." Lara verstand kein Wort, von dem was Nils faselte, vermutete aber, das er irgendwie unter Schock stand. „Wir haben es auch erst erfahren, als sie die Leichen bei dir gefunden haben, alles hat sich zusammen gefügt wie ein Puzzle", begann Nils erneut, unterbrach aber, weil plötzlich Schweini vor ihnen stand. „Hallo Nils! Lara. Ich hab gehört, das sie Anja mit genommen haben, kann ich irgendwas für dich tun?" Fragte er Nils schleimig, der nur nickte. „Lara ich soll dich zu Louis begleiten", gab Schweini fast beiläufig dazu. Verdutzt sah sie ihn an und bemerkte, dass sie mit dem Auto da war und selbst fahren konnte. „Er hat mir aber aufgetragen, das ich dich fahren soll!" Sagte er jetzt schon energischer. „Ich ruf ihn jetzt erst mal an und dann sehen wir weiter" gab Lara gelassen zurück und kramte ihr Handy raus.

„Niemand wirst du anrufen! Handy her!"
Fuhr Schweini sie an. „Gib das verdammte Handy her!" Schrie er erneut, zog seine Pistole aus dem Halfter und bedrohte Lara und Nils. Bevor einer der Beiden was sagen konnte schrie Schweini erneut: „Auf ihr kommt jetzt beide mit! Los aufstehen und keine Mucken machen!" Er lief mit gezückter Pistole hinter Lara und Nils mit gezückter Pistole zu seinem Auto. „Einsteigen! Los jetzt, rein da", fuhr Schweini sie wütend an und stieß Lara unsanft auf die Rückbank seines Wagens und befahl Nils zu fahren. „Willst du uns jetzt umbringen?" Fragte Nils plötzlich. Mit bösem Blick sah Schweini ihn an: „Halt einfach die Fresse, Stiefbruder". Mit diesem Satz wurde Lara nun einiges klar, also hatte sie ihr Gefühl doch nicht getäuscht, als sie Schweini damals das erste mal gesehen hatte. Das erklärte auch, warum er sich so wahnsinnig für Louis interessiert hatte und überall seine Nase rein gesteckt hatte. Während Lara und Nils gefangen in Schweinis Auto waren, kam Louis besorgt an Laras Auto an, das auf dem Parkplatz des Hofs stand, die Hunde im Auto, aber von Lara keine Spur. Er rannte zu den Stallungen, in die Reithalle und zum Wohnhaus der Geschwister. Es war wie ausgestorben. Er spürte das irgendwas passiert war. Hektisch holte er sein Handy raus und versuchte Lara zu erreich, doch es sprang sofort die Mailbox an.

Er rief Rudi an, der ihm sofort berichtete, das Schweini der Abteilung vom Betrugsdezernat die Anweisung zu einer Durchsuchung, bei Anja und Nils gegeben hatte. Rudi war noch nicht fertig da hatte Louis schon aufgelegt und sprintete zu Laras Auto. Chili saß auf dem Fahrersitz und drückte winselnd ihre Schnauze gegen die Scheibe. Das Auto war nicht abgeschlossen, er öffnete die Fahrertür und ließ die Hündin ins Freie. Zu einer kurzen Begrüßung sprang sie an ihm hoch und lief in Richtung Stallungen genau an die Stelle wo Schweini vorhin sein Auto geparkt hatte, dort blieb sie stehen und sah Louis an nach dem Motto: er möge doch kapieren, das jemand hier ihr Frauchen in ein Auto gestoßen hatte. Er lief ihr nach, blieb an der Stelle stehen und sah sich um, aber er konnte nichts entdecken, bis ihm kam, das Schweini vermutlich mit Lara weg gefahren sein muss. Eilig lief er zurück zu seinem Wagen, ließ Chili rein springen und fuhr mit durchdrehenden Rädern vom Hof, das der Rollsplitt nur so durch die Gegend geschleudert wurde. Louis drückte den Knopf am Funkgerät, der ihn mit der Zentrale verband. „12 04 für 01! Dringend eine Fahndung an alle Streifenwagen raus geben. Ein silberner Volvo Kombi. Kennzeichen S – TK 911. Der Fahrer ist eigentlich einer von uns, vermutlich gefährlich und bewaffnet und hat ein, oder zwei Geiseln bei sich", rief Louis aufgeregt in sein Funkgerät. „Das ist Herr Kauber", drang es zweifelnd aus dem Funkgerät.

„Das weiß ich! Jetzt machen sie schon!"
Gab Louis lauter zurück. Kurz darauf rief Rudi
ihn an. „Kannst du mir bitte sagen was da gerade
läuft?" Wollte Rudi wissen, der offenbar schon
informiert war, über seinen Alleingang.
Louis erzählte ihm von seiner Entdeckung:
„Ich hab die ganze Nacht die Ergebnisse aus
Freiburg und die Akten studiert. Als ich alle
DNA-Resultate neben einander liegen sah,
war es ganz klar, was hier los ist. Die beiden
Leichen aus dem Luftschutzkeller, sind zum
einen die Schwester der Gräfin und zum anderen
den Zwillingsbruder von Anja und Nils Vater,
der eigentlich nicht ihr Vater ist, sonder die
Leiche die wir gefunden haben ist ihr Vater,
vermutlich waren sie zweieiige Zwillinge,
deshalb auch verschiedene DNA`s.
Die Großeltern der Beiden, haben der Gräfin
geholfen, das zu vertuschen und haben Anja und
Nils den falschen Vater untergeschoben.
Bevor die Beiden umgebracht wurden, hatte die
Schwester der Gräfin ein Kind mit Anja und Nils
Vater bekommen: Kauber! Weil die Gräfin für
ihn das Sorgerecht übernommen hatte und die
Vergangenheit vertuscht hat, hat Kauber keine
Ahnung, das seine Eltern, eigentlich gar
nicht seine Eltern sind. Seine ganze heile Welt
wurde von heut auf morgen, auf den Kopf
gestellt, als er heraus fand das das Grafenpaar gar
nicht seine Eltern sind", erklärte Louis.
„Wie hat Kauber davon erfahren?" Hakte Rudi
nach. „Der Graf ist Mitglied im Historien Verein,
zu dessen Veranstaltungen er auch seinen Sohn
mitnahm.

Auf einem Treffen vor einigen Monaten wurde Kauber von einem Ahnenforscher angesprochen, das er eine ungeheuerliche Ähnlichkeit mit der Familie Steiner hätte, was er erst für Zufall hielt, aber ihn dann doch dazu bewegte heimlich Nachforschungen anzustellen. Dabei stieß er auf die Rockstar Vergangenheit des Grafen und dessen Zeit im Gefängnis. Als vor einigen Monaten ein erneutes Treffen des Historien Vereins statt fand, erfuhr er von dem Luftschutzkeller und wie der Zufall es so wollte, wohnte ausgerechnet der Mann dort, der angeblich nichts dagegen getan hatte, um seinen vermeintlichen Vater vor dem Gefängnis zu bewahren. Laras Dad wusste ja nichts und es war tatsächlich so, wie der Nachtportier damals ausgesagt hatte, das beide Frauen lebend das Hotel verlassen hatten. Eine Leiche wurde ja nicht gefunden, nur das viele Blut am Neckarufer, das die Kollegen damals daraus schlossen, das jemand umgekommen sein muss, bei der großen Menge Blut.
An Hand einer Probe seiner vermeintlichen Eltern stellte er fest, das sein Vater nicht sein Vater ist und seine angebliche Mutter in Wirklichkeit seine Tante ist", Louis stockte, weil er auf der Gegenspur den silbernen Volvo von Schweini entdeckte. Bei der nächsten Gelegenheit wendete er seinen Wagen. Schweini merkte sofort das Louis plötzlich hinter ihm war und raste durch den Verkehr wie ein Irrer. Er informierte seine Kollegen, das er Kauber entdeckt hatte und wo sie sich im Moment befanden.

Plötzlich klingelte Louis Handy. Auf dem Display leuchtete Kauber`s Nummer auf. „An deiner Stelle würde ich auf hören, mit dieser Verfolgungsjagd, bevor noch jemand verletzt wird", hörte Louis ihn ruhig sagen. „Kauber was willst du?" Fragte er möglichst ruhig. „Dreh um, dann wird niemand verletzt und ich melde mich wieder bei dir ", hörte Louis ihn noch sagen und schon hatte Kauber aufgelegt. Eilig rief er Rudi an, um ihm zu berichten, das er mit Kauber gesprochen hatte. „Louis dreh` um! Du weißt nicht, ob er ihr was antut, so durchgeknallt wie er drauf ist", versuchte Rudi ihm ins Gewissen zu reden. „Ich denk gar nicht daran!" sagte er und legte auf. Als er nur noch zwei Autos zwischen sich und Schweini hatte, bemerkte er das Nils auch mit im Auto saß und ärgerte sich, über dessen fehlende Courage Schweini zu überwältigen. Die nächste kommende Ampel wurde rot. Louis konnte gerade noch bremsen. Kauber raste durch. Ein entgegenkommender Wagen konnte gerade so ausweichen und einen Crash verhindern. Louis wartete nicht bis die Ampel auf grün sprang, er hoffte nur das ihm jetzt nicht jemand entgegen kam und trat das Gaspedal durch, das er in kurzer Zeit zu Schweinis Wagen aufschloss. Als sich auf der Gegenfahrbahn, des Tunnels eine kleine Lücke bot, zog Louis seinen Wagen rüber und fuhr nun auf gleichen Höhe wie Kauber, der erschrocken zu ihm rüber sah. Louis blieb aber nichts anderes übrig, als hinter ihm ein zu scheren, da ihm hupend der Gegenverkehr entgegen kam.

Die beiden Autos rasten durch den Tunnel. Auf der zweispurigen Schnellstraße zur Autobahn, fragte Louis sich wo seine Kollegen waren und wie er Schweini dazu bringen konnte anzuhalten. In der letzten Kurve vor dem Kreisverkehr, sah Louis seine Kollegen, die sämtliche Abfahrten gesperrte hatten, was sie nicht bedacht hatten: die Gegenspur. Mit qualmenden und quietschenden Reifen, wendete Kauber den Wagen. Lara merkte wie Schweini immer nervöser und unkontrollierte wurde. „Was willst du eigentlich erreichen?" Fragte sie ihn möglichst ruhig. „Gerechtigkeit!" Gab er patzig zurück. Während dieser wilden Verfolgungsjagd; war Schweinis Waffe zwischen Sitz und Handbremse gerutscht. Lara versuchte ohne das Schweini es bemerkte die Waffe zu holen. Als Nils bremsen musste weil vor ihm ein langsamer Wagen fuhr und er nicht überholen konnte ergriff Lara die Chance und hielt Kauber das Ding an die Schläfe und befahl Nils sofort anzuhalten. Aus dem Augenwinkel sah Schweini böse zu ihr rüber, dass ihr ein kalter Schauer über den Rücken fuhr. „Dann drück ab! Drück doch ab! Ich hab nix zu verlieren. Los, schiess doch!" Schrie er sie an. „Du hast doch uns!" Sagte Nils plötzlich. „Klar, ich wühl jetzt für die nächsten dreißig Jahre in Pferdescheisse", blaffte Schweini zurück. Für einen kurzen Moment hätte man eine Stecknadel fallen hören können. „Na los schiess!" Schrie er sie an, das sie zusammen zuckte und aus versehen einen Schuss abfeuerte.

Lara sah wie er aus dem Oberschenkel blutete. „Fahr!" Schrie Kauber Nils an, der wie mechanisch auf das Gaspedal trat, dass Lara spürte wie der Wagen schlingernd beschleunigte. Lara sah immer schneller die Wand des Tunnels an sich vorbei rasen.
Sie hatte den Finger immer noch auf dem Abzug. Hatte bei dieser wilden Fahrt aber Angst erneut irgendwen zu verletzten. Nils musste plötzlich stark bremsen das Lara erneut den Abzug der Pistole drückte und die Kugel mit einem lauten Knall in der Frontscheibe einschlug die sofort mit Rissen durchzogen war, das man kaum noch was sehen konnte. In der Kurve drückte es Lara in den Sitz, das sie sich kaum noch halten konnte. Kauber schrie sie an, ob sie alle umbringen wolle, obwohl ihm eben noch alles egal war. Nils zog plötzlich die Handbremse, das der Wagen sich zu drehen begann. Drei, oder vier mal sah Lara die Wände, des Tunnels an sich vorbei fliegen und betete hier lebend raus zukommen. Dann gab es einen riesen Knall. Nils und Schweini wurden durch das Auto gewirbelt, dann herrschte Totenstille. Louis traf keine Minute später am Unfallort ein. Nils saß eingeklemmt zwischen Sitz und Airbag und blutete am Kopf. Schweini lag zwei Meter vor dem Auto. Ihn hatte es bei dem Crash aus der kaputten Windschutzscheibe katapultiert, aber wo war Lara? Panisch wollte er die Tür aufreißen, aber durch den Aufprall war sie so verzogen, das sie sich nicht öffnen ließ.

Rudi und zwei weitere Kollegen der Bereitschaftspolizei und Kollegen der Feuerwehr rückten an. Der Notarzt versorgte Nils, der sich zwar eine Kopfverletzung zugezogen hatte, aber nach der ersten Diagnose nicht lebensgefährlich verletzt war und nun erst mal zur Versorgung der Wunden ins Krankenhaus musste. Bei Schweini konnte der Notarzt nur noch seinen Tot feststellen und deckte die Leiche mit einer weißen Plane ab. Die Feuerwehrmänner waren schwer damit beschäftigt die hintere Tür auf zu bekommen. Nach scheinbar endlosen zehn Minuten hatten sie es geschafft. Lara kauerte in dem Spalt zwischen Beifahrersitz und Rückbank. Über ihr hatte sich die Abdeckung für den Kofferraum verkeilt, das sie sich selbst nicht befreien konnte. Sie hörte wie immer mehr Stimmen näher kamen, aber sie konnte nicht verstehen, was sie sagten. Es fühlte sich an, als wäre sie in einer Blase, oder einem Luftballon gefangen. Über zwei Stunden dauerte es, bis Louis Kollegen die Straße wieder frei geben konnten. Lara und Nils hatte man ins Marienhospital gebracht, wo sie untersucht und verarztet wurden. Als Lara die Augen aufschlug, war es viel zu hell, das sie, sie gleich wieder zu kniff. Erneut öffnete sie die Augen einen kleinen Spalt und sah um sich. Sie hatte nicht einen Funken Ahnung, wo sie war, oder was sie hier machte, als sie plötzlich nach rechts sah und bemerkte, das Louis neben ihr saß.
„Na Kleines? Ausgeschlafen?"

Fragte er und strich über ihre Hand, die er die ganze Nacht nicht losgelassen hatte. „Wo sind wir den hier?" Fragte Lara Ahnungslos.
Sie versuchte sich zu erinnern, was passiert war, aber sie konnte keine Antwort finden.
„Was weißt du noch von Gestern?" Fragte Louis.
„Ich bin zum Stall gefahren. Dann war ich bei Nougat und Lapis auf der Koppel. Auf einmal kamen lauter Streifenwagen auf den Hof gefahren, ich bin dann runter gelaufen und einer deiner Kollegen hat mir erzählt, das sie eine Hausdurchsuchung wegen illegalem Futterhandel machen... Sie haben Anja in Handschellen mitgenommen", Lara stockte. Aufmerksam sah Louis sie an, als sie nach einer Pause fortfuhr: „Nils saß nieder geschlagen hinter der Reithalle und plötzlich ist Schweini aufgetaucht und hat behauptet, das er mich zu dir bringen soll, ich wollte dich anrufen, aber er fuchtelte mit seiner Pistole vor uns rum", als sie das gesagt hatte, fiel ihr plötzlich ein, das sie geschossen hatte. „Hab ich ihn etwa erschossen?" Fragte Lara besorgt. Louis musste schmunzeln: „Nein, du hast ihn in den Oberschenkel getroffen, aber daran ist er nicht gestorben". Verdutzt sah sie ihn an, weil sie immer noch keinen Schimmer hatte, was den nun passiert war. „Ihr seid mit Kauber wie Irre durch die Stadt und den Tunnel gefahren. Die Ausfahrten zur Autobahn waren gesperrt, aber keiner hatte an die Gegenspur gedacht. Du musst irgendwann da geschossen haben und kurz darauf im Tunnel kam der Wagen kam ins Schlingern und in der letzten Kurve,

vor dem Ende des Tunnels prallte der Wagen mit euch gegen die Wand", erklärte Louis.
„Wie geht's Nils? Und was ist mit Anja?" Fragte Lara geschockt über diese, für sie neuen Informationen. „Er wird durchkommen, alles zum Glück nicht so schlimm. Sie haben ihm ein Stück der Milz entfernen müssen und er hat eine Platzwunde am Kopf, aber das wird wieder", beruhigte er sie. Es klopfte an der Tür und ein Arzt betrat freundlich grüßend den Raum.
„Frau Merten sie sind wach! Das ist prima! Also, bis auf ein paar Prellungen und kleine Schürfwunden, sind sie Kerngesund und können dem lieben Herr Gott danken das ihnen bei diesem Unfall nicht mehr zugestoßen ist", fügte er nach der Begrüßung hinzu. „Also heißt das, ich kann mich jetzt anziehen und nach Hause gehen?" Fragte Lara euphorisch und setzte sich auf. „Ich würde vorschlagen, das sie Heute noch da bleiben", gab der Arzt schon strenger zurück.
„Ach kommen sie, ich fühl mich gut! Und ja ich werde mich schonen, außerdem hab ich ja den besten Bewacher den man sich wünschen kann", sagte sie und sah zu Louis, der nicht begeistert schien von Laras Idee.
„Natürlich können sie sich auf eigene Verantwortung entlassen lassen..." fügte der Arzt hinzu, doch Lara unterbrach ihn: „Vielen Dank das wollte ich hören!" Louis versuchte zwar ihr ins Gewissen zu reden, als der Arzt den Raum verlassen hatte, doch Lara wollte einfach nur raus aus diesem Krankenhausmief und ließ sich überhaupt nicht davon abbringen, sich jetzt anzuziehen und zu gehen.

Den ganzen Weg, vom Marienhospital, bis zu Laras Haus sagten sie kein Wort. Sie versuchte sich angestrengt zu erinnern, was gestern passiert war. Als sie aus dem Auto ausstieg, merkte sie, das sie sich wohl doch ein wenig überschätzt hatte. Sie war noch ganz schön wacklig auf den Beinen, aber Louis bemerkte das sofort und stütze sie Gentlemanlike bis zur Haustür. „Soll ich noch mit rein kommen?" Fragte er. „Was ist das den für eine blöde Frage!? Du wohnst doch schon praktisch hier", gab Lara lachend zurück. „Dein Dad ist wieder Zuhause! Ich glaube ihr habt einiges zu besprechen", fügte er ernst hinzu. Das Lächeln verschwand Urplötzlich aus ihrem Gesicht: „Oh, das hatte ich total vergessen! Mh, ist es ok für dich, wenn ich dich nachher anrufe?" Natürlich war es nicht ok für ihn, trotzdem bejahte er Laras Frage und verabschiedete sich mit einem vorsichtigen Kuss von ihr. Im Haus wurde sie stürmisch von ihren Hunden begrüßt. „Schön das du einigermaßen gesund wieder da bist!" Hörte sie ihren Dad sagen, worauf sie mit einem „gleichfalls" antwortete. Nach einer kurzen Umarmung wollte Lara nun endlich wissen, warum er solange verschwunden war und was es mit der Toten Frau am Neckarufer auf sich hatte. Sie setzten sich in den Wintergarten und ihr Dad begann zu erzählen: „Weißt du Lara, ich hab viel Mist gebaut in meinem Leben und mein Größter Fehler ist wahrscheinlich, das ich manchmal, wenn es mir zu unangenehm wird lieber das Weite such, als mich den Dingen zustellen.

Ich habe damals vor Gericht nicht gelogen.
Es war die Wahrheit, als ich sagte das beide Frauen noch am Leben waren, als ich sie das letzte mal gesehen hatte. Sie haben Bill damals nur auf Grund von Indizien ins Gefängnis gebracht, wobei ich heute fest davon überzeugt bin, das die Gräfin auch da ihre Finger im Spiel hatte. Bill wollte sich rächen, an allen die das nicht verhindert hatten. Nach seiner Haft ist er nach Spanien gegangen. Seinen Künstlernamen hatte er wie eine zweite Haut abgelegt.
Er merkte was für Vorteile er hatte, als der Sohn eines Grafen und begann sich selbst Graf zu nennen. Er schnitt seine Haare ab und lief nur noch mit Anzug und Krawatte durch die Gegend. So lernte er erneut, ohne es im ersten Moment zu wissen, die Gräfin kennen, die mit ihrem angeblichen Sohn dort Urlaub machte. Zu diesem Zeitpunkt hatte sie keine Ahnung das, das der Mann war, wo sie wesentlich dazu beigetragen hatte ihn ins Gefängnis zu bringen, um das Sorgerecht für das Kind ihrer Schwester zu bekommen. Er wickelte sie um den Finger und keine Jahr später standen sie vor dem Traualtar, um sich das Ja Wort zu geben. Ihrem Sohn log sie vor das sein Vater, die Jahre auf einer Art geheimen Mission war. Thilo vergötterte seinen Vater und wollte später wenn er groß war auch unbedingt ein Geheimpolizist werden. Als ich das Haus gekauft habe wusste ich nicht, das es ein solches Geheimnis verbirgt, darauf hat mich erst Monika gebracht. Sie ist die Schwägerin, der Frau die ermordet aufgefunden wurde.

Monika und ich haben uns zufällig bei Wolfgang getroffen, und ja ich muss zugeben ich hab mich Hals über Kopf in sie verliebt. Sie war noch genauso durchgeknallt, wie vor 30 Jahren. Ihre Offenheit und unbekümmerte Art zog mich in ihren Bann. Ich hab mich Schlicht und ergreifend mitreißen lassen von ihr. Dumm ich weiß", sagte er nachdenklich. „Also hat der Graf mich doch absichtlich engagiert um an dich rann zukommen? Das erklärt auch warum er das Interesse verloren hatte, als du nicht mehr aufgetaucht bist", fügte Lara hinzu. „Ich denke schon. Der Graf und Monika hatten eine heimliche Affäre miteinander, das habe ich aber erst raus gefunden, als es schon fast zu spät war. Monika und ich begann uns regelmäßig zu treffen. Einen Tag bevor du mich am Hauptbahnhof raus gelassen hast, trafen wir uns im Schlosspark. Schon am Telefon sagte sie mir das sie eine Überraschung für mich hätte. Sie tat unheimlich geheimnisvoll, ich soll nach hause, ein paar Sachen einpacken und es in ein Schließfach am Hauptbahnhof verstauen. Mehr verriet sie nicht. Wir verabredeten uns für den nächsten Abend. Mit einer großen Reisetasche empfing sie mich im Hauptbahnhof und eröffnete mir das wir nach Frankfurt zum Flughafen fahren um dann im Anschluss nach London zu fliegen. Sie versicherte mir mehrmals, das ich mir wegen dir keine Sorgen machen müsse, sie hätte dir eine Nachricht hinterlassen. Ich muss ehrlich zugeben, das ich die ersten Wochen nicht eine Sekunde damit verbracht habe an Zuhause zu denken.

Ich fühlte mich, wie wenn ich noch mal zwanzig gewesen wäre. Anfangs waren wir in London, danach in einem gemütlichen Cottage an der Küste. Einen Morgen war Monika nicht da, also machte ich alleine einen Spaziergang zum Strand. Zufällig begegnete mir eine Familie aus Deutschland. Schnell kam ich mit dem Mann ins Gespräch, ich sah das er eine Bildzeitung bei sich hatte und fragte ihn, ob er sie mir überlassen würde. Neugierig auf Neuigkeiten aus der Heimat lass ich mir am Strand die Zeitung durch und entdeckte diesen kleinen Spalt in dem Berichtet wurde das ein Brand in Stuttgart, eine ungeahnte Entdeckung im Anschluss bereithielt, da sie unter dem verbrannten Stall ein Luftschutzkeller entdeckt hatten, in dem zwei Leichen lagen. Warum auch immer wusste ich sofort, das es unser Stall war. Ich wollte so schnell wie möglich nach hause. Als Monika zurück kam von ihren Besorgungen, war sie ganz normal bis ich ihr erzählte was ich in der Zeitung gelesen hatte. Sie redete auf mich ein, es wäre nicht unser Stall und es sei bestimmt alles in Ordnung.
Diese nette Frau Dr. Moritz hat hier in ihrem Labor festgestellt, das Monika mir Tabletten verabreicht hat. Das erklärt mir auch warum mir alles so gleichgültig erschien. Eine Woche bevor die Polizei mich am Frankfurter Flughafen festgenommen hat, war Monika, als ich morgens aufwachte, verschwunden. All ihre Sachen waren weg, sie hatte mir nicht mal eine Nachricht hinterlassen. Im ersten Moment war ich total hilflos und wusste gar nicht was ich machen sollte.

Nach zwei Tagen Lethargie, kam mir endlich das Gehirn runter und ich trampte nach London. Bei einem Freund habe ich mir Geld geliehen um ein Ticket für den Rückflug kaufen zu können", erklärte er weiter. „Also, dann hat Monika gemeinsam mit dem Graf ihre Schwester umgebracht?" Wollte Lara wissen. „Es war Monika. Den Grafen hat sie nur benutzt. Sie wusste genau, durch die Erzählungen ihrer Schwester, das er kein armer Mann war. Monika wollte ihn erst mit der Affäre erpressen, um schnell an Geld zukommen, bis sie durch Zufall ein Gespräch belauschte, in dem der Graf seinem Sohn zu erklären versuchte, warum er ihn belogen hatte. Monika erpresste ihn damit. Das war auch der Grund warum der Graf versucht hat, an dich rann zukommen, weil er mir schaden wollte. Sie hatte ihm gesagt, das sie alles wüsste, auch von damals, weil ich ihr alles erzählt hätte. Was ja gar nicht stimmte. Ach Lara, das haben wir alles Herr Bernard zu verdanken, das sich alles geklärt hat", schloss er erleichtert ab. „Jetzt warte mal einen Moment! Seh ich das richtig? Die Gräfin hat dafür gesorgt, das ihre Schwester und deren Liebhaber verschwindet. Der Liebhaber ist der Vater von Kauber und gleichzeitig der Vater von Nils und Anja?" Hakte Lara verwirrt nach. „Ja und er hatte einen Zwillingsbruder, der sozusagen nach seinem unfreiwilligen Tot, für ihn eingesprungen ist", klärte ihr Dad sie auf. „Ok bis hier hin hab ich das verstanden. Anja und Nils wussten das aber nicht, oder?"

Ihr Vater verneinte diese Frage und erklärte ihr, das Kauber, Anja und Nils, das erst vor kurzem erfahren hatten. Plötzlich klingelte es an der Tür und das Begrüßungskomitee rannte zur Tür und meldete lautstark bellend, das jemand rein wollte. Immer noch wacklig auf den Beinen lief Lara zur Tür. Melly begrüßte sie mit einer stürmischen Umarmung, das Lara sich gerade so auf den Beinen halten konnte. Danach begrüßte sie genauso stürmisch, Laras Dad. „Das wir dich noch mal lebend zu Gesicht kriegen", sagte Melly grinsend und ließ ihn endlich frei aus ihrer engen Umarmung. Bis ins kleinste Detail wollte Melly alles wissen. Völlig in seinem Element berichtete er von Monika, London und dem Grafenpaar. Lara konnte es nicht mehr hören, zumal sie die vielen neuen Informationen erst einmal verarbeiten musste und auch nicht verstand, das ihr Dad nicht einmal in der Zeit daran gedacht hatte sich bei ihr zu melden. Melly und ihr Dad merkten nicht, das Lara sich heimlich mit Chili raus schlich. Melly berichtete ausführlich und Lautstark über die Ereignisse hier und was sie alles in Erfahrung gebracht hatten. Lara merkte schnell, das sie eigentlich besser nicht hätte Auto fahren sollte. Trotzdem fuhr sie los. Am alten Reitstadion parkte sie ihr Auto und lief mit Chili zum Neckarufer, wo sie sich auf einen großen Stein setzte. Chili spürte Laras Melancholische Stimmung, setzte sich eng neben ihr Frauchen, legte den Kopf auf Laras Bein und sah sie mit ihrem treuen Hundeblick an. Erst als Chili aufmerksam den Kopf hob, bemerkte Lara das Louis kam.

Wortlos setzte er sich neben sie. Lara legte den Kopf auf seine Schulter. „Was passiert jetzt mit Anja und Nils?" Durchbrach sie plötzlich die Stille. „Anja wird mit einer Bewährungsstrafe davon kommen. Sie ist ja nicht Vorbestraft und dann kommt dazu, das Kauber nicht wenig Anteil daran hatte, Anja auf diese Idee gebracht zuhaben. Zumal er ihr wohl auch geholfen hat, wie sie gewisse Dinge vertuschen und manipulieren kann", erklärte Louis ihr ruhig. „Das scheint dieser Familie in den Genen zu liegen: Lügen und Intrigen zu spinnen. Ich mein, wenn man die Einzelheiten kennt, macht jetzt alles einen Sinn", fügte Lara hinzu. „Alles hat seinen Sinn, auch wenn man es oft erst hinterher verstehen kann", sagte Louis zum Abschluss und legte seine Arm um sie. Lara fühlte sich leichter. Es fühlte sich an, als sei sie an seiner Seite unbesiegbar und einfach vollständig. Ein gutes Gefühl! Der Alptraum hatte endlich ein Ende, sogar ein ziemlich gutaussehendes, dachte sie und musste schmunzeln.

Nachwort

Alle Ereignisse und Personen dieser
Geschichte sind frei erfunden

Herstellung und Verlag:
BoD - Books on Demand, Norderstedt
ISBN 978-3-7412-9296-5